꼰대의 품격

꼰대의 품격

초판 1쇄 2023년 1월 15일
지 은 이 이창동
펴 낸 곳 하모니북

출판등록 2018년 5월 2일 제 2018-0000-68호
이 메 일 harmony.book1@gmail.com
전화번호 02-2671-5663
팩   스 02-2671-5662

ISBN 979-11-6747-087-4 03810
© 이창동, 2023, Printed in Korea

값 16,000원

꼰대의 품격

이창동 지음

어쩌다 회사원이 되어버린 당신을 위한 **자기계발적 에세이**

harmonybook

프롤로그

1.

사회에서 MZ세대나 90년대생이 이슈가 될수록 '꼰대'도 그 존재감이 커지고 있다. 어느 정도 경력이 있는 회사원이라면, 꼰대로 분류되지 않기 위해 애쓰고 있거나, 이미 꼰대로 낙인 찍힌 것은 아닌지 불안해할 것이다. 그 중에는 '마음대로 불러. 꼰대가 어때서. 이런 건 조직에서 힘을 가진 자가 감내해야 하는 것일 뿐이야.'라며 해탈의 경지에 이른 사람도 있다.

꼰대도 MZ세대도 조직에서 사람과 사람 사이의 갈등에 대해 고민하기 때문에 이슈가 되는 것인데, 이런 현상은 회사라는 특성 상 불가피한 것이다.

회사는 영어로 Company이다. Company는 '함께'를 뜻하는 'com'과 '빵'을 뜻하는 'pan'이 합쳐져서 만들어진 단어로, 함께 빵을 굽거나 먹는 집단을 의미한다. 우리나라에서 사용하고 있는 '회사'라는 말은 일본에서 들여온 말이다. 일본은 메이지 시대에 수많은 서양 서적을 들여왔는데, 거기에는 일본에 없는 개념이나 사물들이 많았다. 그런 말들은 한자를 조합하여 가능한 비슷한 뜻이 되도록 새로운 단어를 만들어 번역했다. 예를 들어, 공동생활을 영위하는 인간 집단을 뜻하는 'Society'는 '社會사회'로 번역했고, 경제적 목표만을 위한 보다 작은 규모의 집단인 Company에는 한자의 순서를 바꾸어 '會社^{회사}'를 적용했다. 영어든 일어든 회사의 본질을 여러 사람이 모여서 공동의 목적을 추구하는 것으로 보고 있는 점은 같다. 회사의 존재 이유는, 여러 사람이 모임으로써 한 사람이 할 수 없는 일을 해내는 것이다. 그렇기에 사람 간의 갈등은 가장 큰 문제가 될 수밖에 없다.

회사는 결국 사람과 사람의 시너지로 결과를 내는 곳이고, 서로의 관계가 성패를 좌우한다고 해도 과언이 아니다. 그렇기에 정치처럼 좌, 우로 분열되어 서로를 비방하거나, 상대의 사고방식이나 논리 자체를 부정하는 상태에 빠지면 더 이상 발전할 수 없다. 정당들은 한정된 표를 두고 싸우는 경쟁상대이지만, 꼰대와 MZ세대로 대변되는 새로 들어온 조직원들은 한 팀이기 때문이다.

직장생활 22년차, 3,000명 이상이 일하는 대기업 부장. 이제 나도 충분한 꼰대의 조건을 갖추었다. 신입사원이던 2000년부터 시대의 변화에 따른 꼰대의 변천사도 봐 왔고, 몇몇 꼰대와는 아주 친하게 지내고 있다. 나 자신도 회사 내에서 이미 꼰대로 불리고 있을지 모른다. 아니, 가끔 젊은 사람들의 행동에 대해 뭔가 말하고 싶은 것을 참는 순간이 있고, 어떤 행동을 하기 전에 젊은 사람의 눈치를 본 경험이 있다는 건, 이미 꼰대 쪽에 더 가깝다는 반증일 것이다. 그만큼 꼰대의 본질과 생태에 대해 잘 안다고 자부한다. 이런 경험을 살려, 왜 꼰대가 되어 가는지, 꼰대일 수밖에 없다면 조직을 위해 뭘 할 수 있는지, 꼰대가 아닌 리더가 되기 위해서는 어떤 것을 생각해야 하는지 솔직하게 적어 보았다.

가끔은 꼰대스러운 조언도 할 것이다. 충고는 기본적으로 꼰대스럽다. 상대보다 자신이 더 좋은 생각을 한다는 오만함과 상대를 위한다는 명분으로 상대에게 어떤 영향을 미칠지 모르는 말을 할 권리가 있다는 특권의식이 깔려 있기 때문이다. 이 책에서는 오만한 결론을 제시하기 보다는, 생각의 소재를 하나 더 드리려고 노력했을 뿐이다.

우리는 휴대폰 케이스 하나 살 때도 여러 사람의 리뷰를 열심히 찾아본다. 그 중에서도 한 달 사용 후기 같은 리뷰는 묘하게 설득력이 있다. 기껏해야 한 해 사용하는 핸드폰 케이스도 이런데, 몇 십년 다닐 회사에 대해 몇 년을 이미 다녀본 꼰대의 리뷰 하나 더 읽는다고 손해 볼 것도 없다. 그리고 누군가의 충고를 무턱대고 거부한다면, 당신도 남의 말 듣지 않는 꼰대와 다를 바 없는 사람이 되어 가는 것이다.

서로 다른 입장, 다른 위치에 있더라도 공감할 수 있는 절대적인 올바름이라는 것은 존재한다. 이제는 아무리 좋은 충고라도, 듣는 사람이 지나치게 길다고 느끼거나, 권위적이라고 느끼거나, 재미나 '젬성'이 없으면 꼰대질로 평가절하될 리스크가 있지만, 이미 꼰대임을 커밍아웃한 이상 누군가에게는 힘이 되리라 믿고 말해 보고자 한다. 하지만, 의사들의 '술 담배 줄이고, 야채 많이 먹고, 푹 자고, 규칙적으로 운동하세요' 같은 영혼 없는 충고는 되지 않도록 노력했다.

내게도 아들과 딸이 있다. 진로에 대해 고민하기에는 아직 어리지만, 솔직히 가능하면 회사원이 아닌 다른 길을 걸었으면 하는 마음이 크다. 그럼에도 불구하고 만약, 아이들이 회사원이 된다면, 그 때 해 주고 싶은 말을 담았다.

2.

현역 회사원으로서, 꿈이 하나 있다. 마지막 퇴근 때, 같이 일하던 사람으로부터 이런 말을 듣는 것이다.

> "다른 것을 생각할 정도로 용감하고
> 세상을 바꿀 수 있다고 믿을 만큼 대담하며
> 실제로 그렇게 해낼 정도로 재능이 있던
> 가장 위대한 혁신가 한 명을 잃었다."

이런 말을 들을 수 있다면, 오랜 회사 생활도 나쁘지 않았다고 웃을 수 있을 것이다. 어쩌면 퇴직금보다도 큰 위로가 될지도 모른다. 이 말을 해주는 사람이 단 한 사람이라도 말이다. 참고로, 이 말은 오바마 대통령이 스티브 잡스에게 바치는 조사였다. '혁신가' 앞에 있던 '미국의'라는 말만 뺀 것이다. 잡스만큼의 업적은 남기지 못하겠지만, 이런 평가를 받기 위해 하루하루 성공적으로 일하고 뿌듯하게 퇴근하고 싶다.

이 책은 세대론을 들먹이며, 그저 근본이 다른 종족이니 그런 줄 알고 잘 맞춰주며 사이좋게 지내보라는 책이 아니다. 30년 직장생활을 한다면, 7,000번 이상 출퇴근을 해야 한다. 이왕 7,000번 해야 하는 거, 다 같이 품격 있는 회사원으로 성장하여 즐겁고 의미 있게 보내자는 책이다. 그래서 언젠가 K-팝처럼 K-꼰대가 자랑스러운 호칭이 될 날을 꿈꾸며 적었다. 그래서 이 책의 제목이 '꼰대의 품격'이다. 꼰대와 품격은 참 어울리지 않는 단어이다. 지금은 어른으로서 품격이 없기에 꼰대라 불리는 것이지만, 꼰대가 품격 있는 어른이나 선배를 지칭하는 말로 바뀌는 날이 왔으면 한다.

이 책이 지금 회사에서 고군분투하고 있는 꼰대와, 꼰대를 비판하며 변화를 만들어가려고 하는 새로운 세대 모두에게, 변화를 위한 고민을 해 볼 수 있는 작은 계기가 되었으면 한다.

제3장 친애(DEAR)하고 싶은 동료

제4장 꼰대가 아닌, 등대가 되기 위해

제1장

꼰대가 되는 이유

이야기를 시작하기에 앞서, 우선 꼰대를 정의할 필요가 있다. 개인적으로는 결론을 정해 놓고 설교를 하거나, 상대를 이해하지 않으면서 충고를 하거나, 자신의 생각을 고압적인 자세로 강요하는 어른들을 지칭하는 것으로 이해하고 있다. 요즘은 '구태의연한 사고방식이나 불합리한 관행을 타인에게 강요하는 직장 상사나 나이 많은 사람'을 꼰대라고 지칭하는 것이 일반적이다. 이 정의에서 알 수 있는 것이 무엇일까?

꼰대란, 강요받은 사람이 강요한 사람을 지칭하는 용어라는 것이다. 즉 구태의연한지, 불합리한지를 평가하는 주체는 강요받은 직장 부하나 나이가 적은 사람인 것이다. 나이 많은 사람이 아무리 이것이 정의이고, 효율적인 행동이고, 적절한 논리라고 해도, 그것이 새로운 사람들의 기준과 사고 방식에 맞지 않으면 '구태의연'해지고 '불합리'해질 수밖에 없다.

그렇기에, 꼰대는 항상 불리하다. 옳다고 생각하는 신념대로 행동하더라도 누구나 순식간에 꼰대가 될 수 있다. 하지만, 꼰대는 꼰대라고 부르는 사람의 생각이 잘못된 것이라고 생각하면 안 된다. 상대의 생각을 바꾸려고 설득하면 할수록, 그 노력 자체가 꼰대질이 되어 버리기 때문이다. 상대를 바꾸려 하기보다, 누구든 납득할 수 있는 설득력 있는 논리를 가지도록 노력해야 한다.

얼마전에 '나의 해방일지'라는 드라마에서 이런 장면이 나왔다. 조폭인 주인공 '구씨'는 밤 늦게까지 일하다가 부하가 운전하는 차 뒷자리에 지쳐서 타고 있다. 부하가 식사할 수 있는 곳으로 모시겠다고 하자, 주인공은 새벽 4시에 먹는 게 아침인지 저녁인지, 신세한탄 하듯이 묻는다. 그러자 운전하던 부하는 "자기 전에 먹으면 저녁이고, 잠에서 깬 후에 먹는 건 아침."이라고 말한다. 주인공의 지친 일상을 묘사하기 위한 중요하지 않은 장면이지만, 이 대사가 인상에 남았다. 애매하고 여러 해석이 나올 수 있을 것 같은 문제에 대해, 나름 설득력 있는 원칙을 명확하게 제시했기 때문이다. 이런 문제에 대해 '4시면 곧 해가 뜨니 당연히 아침밥'임을 강요하는 것은 꼰대스럽다. 각자의 생활 스타일을 고려하지 않은 결론이기 때문이다.

꼰대와 꼰대가 아닌 사람 사이에는 분명한 선이 그어져 있다. 하지만, 그 선은 누구나 쉽게 넘을 수 있고, 넘었는지 조차도 모를 수 있다. 이 장에서는 어떻게 하면 그 선을 넘어 꼰대가 만들어지는지 이야기해 보려 한다.

모네도 이상한 '요즘 애들'이었던 시절이 있었다
[불변의 판단기준]

꼰대가 되는 첫 번째 원인은, 판단과 평가의 기준을 바꾸려 하지 않기 때문이다.

신입사원이 들어오고 시간이 좀 지나면, 많이 들리는 소리가 있다. "우리 때는 안 그랬는데…."라든가, "요즘 애들은 많이 다른 것 같아."라는 말들이다. 그런 말을 하는 사람들이 신입사원이었을 때도 마찬가지 말을 들었는데도 말이다.

그들 눈에 새로 들어온 사람들은 사회인으로서 예절도 잘 모르는 것 같고, 일을 대하는 태도도 다르고, 회사보다 자기 생활을 우선시하는 것처럼 보였을 것이다. 하지만, 이런 평가는 조직에서 오랜 세월 일하며 굳어진 낡은 관습을 기준으로 한 것일 뿐이다.

새로운 사람이나 물건을 판단하기 위해서는, 새로운 기준을 가지고 해야 하는데, 그것은 굉장히 피곤한 일이다. 새로 온 사람들의 행동을 분석하고, 그런 행동이 나타날 수밖에 없는 시대적, 사회적 배경을 헤아려 가며 이해하려는 사람은 없다. 사람들은 큰 고민 없이 자기가 겪어온 시대의 상식에 따라 판단해 버린다. 그렇기에 어느 시대의 신입사원이든 필연적으로 '요즘 애들'로 욕을 먹고 꼰대질의 피해자가 된다.

클로드 모네, 에드가 드가, 조르주 쇠라. 미술에 관심이 없어도 한

번쯤 이름은 들어봤을 것이다. 지금은 인상주의의 거장으로 인정받는 화가들이다. 19세기에 전통적 권위를 인정받은 기득권 화가들은 살롱이라는 곳에서 매년 전시를 열 수 있었다. 하지만, 기존 화풍과 전혀 다른 인상주의 그림은 제대로 된 그림으로 인정받지 못했고, 기득권의 반대로 살롱에서 전시조차 할 수 없었다. 이미 명성을 얻고 있던 원로, 중견 화가들에게, 인상주의 화가들은 천박한 일상생활이나 풍경을 미숙하고 이상한 붓 놀림으로 그리는 이해할 수 없는 '요즘애들'일 뿐이었던 것이다. 기득권 화가들은 성경의 이야기, 역사적 전쟁, 위인이나 왕족의 초상이 아니라, 수련이나 시골풍경을 그리는 새로운 트랜드의 변화를 이해하지 못했고, 이해하려 하지 않았다.

작년에 모네의 '건초더미'라는 작품이 뉴욕 소더비Sotheby's 경매에서 1억 1,070만달러에 낙찰되었다. 경매 역사상 10위 안에 드는 높은 가격이다. 19세기에 인상주의 화가들의 작품을 기존의 가치관으로 평가하고 폄하했던 모든 화가의 대표작을 팔아도 이 금액이 안 될 것이다.

이렇듯, 낡은 생각과 기존의 상식으로 새로운 것을 판단하면 중요한 것들을 놓칠 수 있다. 세상은 변하고, 그곳에 살고 있는 사람도 변할 수밖에 없다. 이 변화를 인정해야 이해심이 생기고 관용을 베풀 수 있는 여유가 생긴다.

반대로 새로 온 사람들은 기존의 것을 존중하려는 노력이 필요하다. 하지만, 있는 그대로 수용하는 것이 존중은 아니다. 부족한 점이 있다면 그것을 보완하여, 더 좋게 만드는 것이 진정한 존중이다. 한복을 존중한다고, 조선시대의 옷을 그대로 만드는 것이 존중이 아니다. 그 가치가 계속 후세에 전해지길 바란다면, 지금 시대의 생활에 불편함이 없고, 사람들의 감각에 맞도록 개선해야 하는 것이다. 회사도 새로운 것과 기존의 것이 만나, 정반합의 과정을 반복하면서 발전해 나가는 것이 이상적이다.

신입사원은 회사의 조직문화를 받아들이고, 경영방침에 따라 일을 해야 한다. 하지만, '요즘애들'로서 소신을 가져야 한다. 기존의 것이 요즘 애들이 생각하는 가치관과는 어떤 차이가 있으며, 차이는 왜 생기는 것인지, 어떤 것이 더 의미가 있는 것인지를 따져 보아야 한다. 그리고, 바꿀 것이 있다면, 과감하게 스스로 변화를 만들어 가야 한다.

요즘은 퇴근 시간이 되면, 아래 위 상관없이 퇴근한다. 과거에 눈치를 보며 퇴근 순서를 기다리며 시간을 보낼 수밖에 없었던 선배들은 "요즘 애들 참 좋아. 누가 있든 말든 시간 되면 퇴근하고….".라며 요즘 애들을 비난할지 모르지만, 대놓고 요즘애들에게 말은 못한다. 왜냐하면 요즘애들의 선택이 올바른 것이기 때문이다. 또한 휴가를 신청한 부하에게 "휴가도 상황 봐 가면서 가야지….".라고 핀잔을 주는 꼰대도 있지만, 사실은 적절한 일을 계획적으로 부여하지 못한 자신의 허술한 관리를 탓해야 한다. 아무리 신입사원이라도 지시받은 일이 있다면 휴가 신청은 하지 못할 것이기 때문이다.

이런 것은 사소한 예일 뿐이다. 신입사원은 사회의 변화를 가장 처절하게 겪은 사람이고, 앞으로 어떤 사회가 되어야 하는지 절실하게 고민한 사람이다. 그들은 지금의 변화가 만들어내는 사회에서 가장 긴 시간을 보내야 하는 사람들이기 때문이다. 그것 만으로도 회사에 가장 필요한 사람이며, 큰 소리를 낼 자격이 있다.

'요즘애들'로서, 당당하게 생각을 발산하고, 지금 가지고 있는 '동심'을 오래도록 간직하자. 그것이 회사에 도움을 주는 길이다. 회사는 다양한 사람들의 다양한 생각들이 만들어낸 사회에, 무엇을 제공하여 가치를 만들어낼 지를 고민하는 조직이다. 회사에서 일하는 사람들의 다양성은 바깥 세상 다양성의 축소판이며 거울이다. 다양성이 확보되지 않은 회사는 올바른 경영전략을 만들어내지 못한다.

꼰대들도 차이가 잘못된 것이 아니라, 발전 과정의 일부로 봐야 한다. 새로운 것을 낡은 평가 기준을 통해 잘못된 것, 부족한 것으로만 판단해 버리면, 더 이상의 발전은 없다.

옛날엔 핑크색이 남성을 상징하는 색이었다는 걸 아는가? 정열과 힘을 상징하는 빨강색이 남성을 대표하는 색이었고, 그것을 좀 더 부드럽게 만든 것이 핑크색이다. 그래서, 19세기까지 영국군 제복은 빨간색이었고, 왕실이나 귀족 남자들은 빨강색이나 핑크색 옷을 즐겨 입었다. 반대로, 파란색은 우아함과 청순함을 상징한다고 해서 여성의 옷에 많이 사용되었다. 그러던 것이 20세기로 넘어오면서 자본주의의 마케팅 전략으로 인해 역전되었을 뿐이다. 이렇듯 시대에 따라 가치관은 변한다.

어느 날, 신입사원이 위 아래 핑크색 정장을 입고 출근한다면, 그 사람이 이상한 게 아니라 시대가 또다시 변했을 뿐인 거다. 그것을 이상하게 생각하는 사람이 바로 꼰대이다.

꼰대적 한마디 1
선물에 리본은 괜히 다는 것이 아니다

옷에 대한 이야기를 하다 보니, 내가 모시던 팀장 한 명이 생각난다. 그는 '6개의 ㄲ' 이야기를 자주 하던 사람이었다. 회사원으로서 성공하려면 ㄲ이 들어가는 6가지를 갖추어야 한다는 것이다.

바로 꿈, 깡, 끼, 꾀, 끈, 꼴이다. 각각 목표, 투지와 자신감, 재능, 요령, 인맥, 외모를 뜻한다.

하나하나가 모두 중요하지만, 이 중에서 가장 얻기 쉬운데도 불구하고, 가장 소홀하게 다루어지고 있는 것이 있다. 바로 '꼴'이다.

꼴은 가지고 태어난 얼굴이나 체형을 말하는 것이 아니다. 그 이외의 것을 얼마나 보기 좋게 가꾸고 다니는지에 대한 것이다. 머리를 정갈하게 손질하고, 깔끔하게 면도를 하거나, 단정하면서도 세련된 복장을 하여 고객에게나 동료, 상사에게 좋은 이미지를 심어주는 것은 의외로 큰 영향을 미친다.

> "전사가 전쟁에 나갈 때는 전투복을 잘 챙겨 입어야 해.
> 남자에게 넥타이는 무기와 같은 거야."
> - 영화 '첫잔처럼'

일을 탁월하게 잘 한다고 해서 외모에 신경 쓰지 않아도 되는 것은 아니다. 사람들은 외모는 안 본다고 하지만, 결국엔 더 세련되고 깔끔한 사람에게 호감을 가진다. 그 호감은 똑같은 일, 성과, 서비스에 대해서도 더 좋은 평가를 받게 만들기도 한다.

요즘은 캐주얼 복장을 허용하는 회사도 많고, 양복을 입더라도 노타이가 기본으로 정착되는 추세이다. 넥타이를 안 맨다고 양복을 막 입어도 된다는 뜻은 아닌데, 점점 기본이 잊혀지고 있는 것 같아 안타깝다. 드레스셔츠는 소매나 목덜미 등에서 1~1.5센치미터 정도 나오게 입어야 하고, 드레스셔츠 밑에 내의를 입었다면 안보여야 한다. 드레스셔츠 자체가 원래 내복이었기 때문이다. 넥타이를 했다면 벨트의 버클을 살짝 가리는 정도가 적당하고, 양복 상의는 투 버튼일 경우는 위 쪽 하나만 잠근다. 나라에 따라서는 반팔 와이셔츠는 근본도 모르는 상놈들이 입는 것이라는 인식을 가진 나라도 많다. 더워 죽겠는데 편하면 그만이지 뭐 이런 것까지 신경 써야 하냐고 생각하는 사람도 많을 것이다.

아무것도 아닌 것 같지만, 세상에는 아무것도 아닌 것을 보고 상대방의 수준을 쉽게 판단해 버리는 사람도 의외로 많다.

지금은 동영상과 이미지로 순식간에 정보를 얻는 시대이다. 처음 5초가 주목을 끌지 못하면 남은 5분은 보여줄 기회도 갖지 못한다. 예전처럼 겉모습 속에 숨겨진 정보나 본질을 파악하고자 하는 노력을 귀찮아 하고, 그런 노력을 덜 한다. 이런 시대에서는, 사람 간의 관계에서도 자신의 내면을 전달할 기회와 시간은 점점 줄어든다.

그래서 꼴이 중요하다. 일단, 꼴로 많은 것을 전달해야 자신을 드러낼 충분한 시간을 확보할 수 있다. 꼴, 즉 스타일은 말없이 당신을 전달하는 방법이고, 영화로 치면 예고편이다.

선물을 받는 사람은 포장도 포함해서 선물을 평가한다. 리본은 괜히 다는 것이 아니다.

인풋을 넘는 아웃풋은 없다
[새로운 인풋의 부재]

꼰대의 증거 제1호는 '라떼'이다. '라떼'는 살인 현장에 떨어져 있는 지문 묻은 칼과 같다.

꼰대가 되는 두 번째 원인은, 새로운 인풋이 없기 때문이다.

새로운 것을 받아들이고 새로운 것에 대해 고민하지 않고 오랜 시간이 흐르면, 후배에게 할 수 있는 말은 자기가 경험한 것밖에 없게 된다. 그래서, 모든 이야기는 '나 때는 말이야…'로 귀결되어 버리는 것이다.

새로운 생각을 할 수 있는 소재도 없고 아이디어도 없다. 젊은 사람들이 꺼내는 말은 낯설어 공감하기 힘들고, 지금 시대의 트렌드와 변화에 대한 인사이트가 없다 보니 적절한 피드백을 제시하지도 못한다. 하지만, 자신의 조직에서의 위치 상 뭔가 말은 해야 한다. 그러다 보면 결국엔 자신의 경험을 이야기할 수밖에 없다.

경험의 가치를 무시하려는 것이 아니다. 경험이 새로운 것을 만들어 낼 수 있는 귀중한 재료임은 분명하다. 또한, 뛰어난 판단력은 경험에서 우러나오는 경우가 많다. 하지만, 새로운 것을 만들어 내고, 올바른 판단을 하기 위해 필요한 재료는 경험만이 아니다.

"아웃풋Output이 인풋Input을 넘는 경우는 없다."

- 아다치 히카루

이 말은 일본 맥드널드의 최고 경영자를 역임했던 아다치 히카루의 말이다. 실적 악화가 수 년간 계속되던 일본의 맥도날드를 회생시킨 것으로 유명한 전문 경영인이다. 그는 좋은 아웃풋을 내기 위해서는 인풋을 계속해야 한다고 말한다. 왜냐하면, 사람은 자기한테 인풋한 것 중의 일부만을 겨우 내보낼 수 있기 때문이다. 흡수하는 것이 있어야 그것에 자신의 생각을 더해서 의미 있는 아웃풋을 만들어 낼 수 있는 것이다.

우리 꼰대들은 어떤가? 끊임없이 인풋을 하고 있는가?

누구나 젊었을 때는, 인풋에 적극적이다. 새로운 사람을 만나고, 낯선 모임에 가입하고, 다양한 활동을 나서서 찾는다. 새로 나온 음악과 영화는 빠지지 않고 챙겨보고, 여행을 통해 새로운 환경에 몸을 내던지기도 한다. 누구든 새로운 것을 스폰지처럼 흡수했을 것이다. 왜냐하면, 젊은 시절은 모든 일에 대해 가능성이 열려 있기 때문에, 새로운 것을 광범위하게 접하고, 그것들을 통해서 인생의 방향을 찾아가기 때문이다. 정보를 인풋하는 것은 성장의 원동력이며, 경쟁력의 원천이기도 하고, 그 자체가 삶의 즐거움이었을 것이다.

하지만, 나이가 들고 자리가 안정되어 갈수록, 더 이상 새로운 것을 흡수해야 할 필요를 못 느낀다. 이미 인생의 많은 부분이 결정되고 안정적으로 흘러가기에, 이미 가지고 있는 것만 활용해도 원만하게 일이 흘러가기 때문이다.

우리 위 세대(대략 50세 이상)는 즐겨 보는 신문과 뉴스가 중요한 정보원이었다. 가끔 책도 읽지만, 그나마 베스트셀러 위주이고, 모험적인 책은 거의 읽지 않는다. 좀 더 젊은 세대(40대)는 유튜브도 보고 인스타그램도 보지만, 이런 매체는 기본적으로 자신의 관심사가 반영된다. 원래 관심있던 키워드를 검색해서 관련된 동영상이나 이미지를 몇 번 보면, 알고리즘이 그에 관련된 동영상 위주로 새로운 정보를 계속 소개한다. 결국, 새로운 매체를 사용하지만 입수하는 정보는 신문을 볼 때와 큰 차이가 없는 것이다. 또한, 사람과의 모임도 이미 몇 년, 몇 십년 동안 알고 지내던 사람들, 즉 나와 정보의 다양성 면에서 큰 차이가 없는 사람들 위주로 만들어진다.

결국, 이미 자기 안에 형성되어 있는 지식에 큰 변화를 만들어가지 못한다. 그렇기에 뭔가 결정적인 것을 제시해야 하거나, 설득력 있는 근거를 제시해야 할 때, 꼰대들이 의지할 수 있는 것은 오래 전에 입수한 정보이거나, 자신이 경험한 것일 수밖에 없는 것이다.

반면, 요즘 젊은 세대는 그들이 관심을 갖는 정보도 그들에게 익숙한 채널을 통해 챙겨 보지만, 나이 많은 세대의 생각도 알려고 노력한다. 좋은 예가 미국의 Skimm이나, 한국의 Newneek 같은 서비스이다. 이런 서비스들은 사이트에 메일주소를 등록하면, 매일 주요 뉴스를 알기 쉽고, 단시간에 파악할 수 있도록 핵심만 정리해서 보내준다. 이슈에 대해 각 세대 또는 세력은 어떻게 생각하고 있는지도 편견없이 제시해 준다. 물론, 지루해 보이는 신문이나 뉴스는 보기 싫고, 그렇다고 세상 돌아가는 큰 사건에 대해 무지한 것도 싫은 MZ세대를 겨냥한 서비스이지만, 다양한 세대의 다양한 관점에 대해 알고자 하는 MZ세대의 수요가 있기에 인기를 끌고 있는 것이다.

꼰대들도 인풋 소스를 다양화하고, 다양한 관심을 견지하려는 노력이 필요하다.

인풋이 없으면, 경험 밖에 이야기할 것이 없어지고, 그 경험으로도 상대방을 납득시키지 못하면, '나이도 어린 것이…'나 '사원 나부랭이 가…'와 같은 말이 튀어나오게 된다. 이런 말들은 꼰대가 상대보다 우위에 있는 것이 생각의 깊이나 참신함이 아니라, 나이나 직급 밖에 없음을 스스로 실토하는 것이다. 나이가 많다면, 많은 시간을 이미 보냈다는 것이고, 그 시간에 의미 있는 인풋을 많이 했어야 젊은 사람에게 떳떳할 수 있다. 이런 볼품없는 고백을 하지 않도록, 하루하루 알뜰하게 인풋하자.

100세 시대에 더 절실한 인풋

꼰대들에게 묻고 싶다. 최근에 무엇인가 새로 배우거나, 연구한 것이 있는가? 골프는 제외하고 말이다. 아마, 없다고 말하는 사람이 압도적으로 많을 것이며, 그럴 시간과 체력이 부족하다고 핑계를 댈 것이다. 아니면, 지금의 지위가 너무 안정적이고 편안해서 특별히 필요성을 느끼지 못하는 부러운 꼰대들도 있을 것이다.

이제는 여기저기서 100세 시대라는 말이 들린다. 이에 따라 회사의 정년은 앞으로도 계속 연장될 것이다. 하지만 정년에 대한 규정과는 상관없이 현실적으로 회사에 머무를 수 있는 시간은 한정되어 있다.

수명이 10년 길어진다는 것이, 인생이 끝나갈 무렵에 아무 활동 없이 죽음을 기다리는 시간이 10년 길어지는 것을 의미하도록 만들면 안된다. 성숙한 중년으로서 원숙한 기량을 가지고 보다 많은 도전을 할 수 있는 시간이 10년 길어지도록 만들어야 한다. 그렇게 되기 위해서는, 우리는 몇 살이 되든 도전할 수 있도록 준비해야 한다. 도전의 계기도 역시 인풋이 만들어 주는 것이다.

정말로 100세까지 산다면, 50세부터 새로운 것을 익혀도 충분히 본전을 뽑을 수 있다. 우리는 지금까지 길어야 30년 정도를 써먹기 위해 초등학교부터 대학교까지 16년씩이나 학교를 다녔다. 대학교만 따져도 최소 4년을 투자했다. 앞으로 30년을 더 활용할 수 있는 시간이 있다면, 지금부터 4년 동안 새로운 것을 배우지 못할 이유가 없다.

새로운 것이란 일을 다시 얻기 위한 스킬일 수도 있고, 개인적인 취미일 수도 있고, 사회에 공헌할 수 있는 활동일 수도 있다. 무엇이 되었든, 도전 없이 보내기엔 너무 긴 시간이 기다릴 것이다. 우리는 100세가 될 때까지 망가져 가는 우리 몸과 끊임없는 전쟁을 해야 한다. 그 전쟁에 목표가 없다면, 견디기 어려울 것이다.

미국인에게 '모지스 할머니Grandma Moses'라는 애칭으로 불리는 국민 화가가 있다. 이 분은 남편의 죽음을 계기로 75세 때 처음으로 그림을 그리기 시작해서, 80세가 넘어서 뉴욕에서 처음으로 개인전을 열었다. 101세로 돌아가실 때까지 천 점이 넘는 작품을 남겼다. 그녀의 작품들은 미국의 우표로도 만들어질 만큼 인기가 높다. 모지스 할머니는 12세부터 부잣집 가정부 생활만 15년을 하다가, 결혼 후부터 남편과 함께 남의 농장 잡일을 20년 동안 하셨다. 겨우 돈을 모아 조그만 농장을 사서 열심히 일하신 분이다. 학교는 어릴 때 시골 학교를 잠깐 다닌 게 전부라 아무런 졸업장도 없다.

우리는 의지만 있다면 모지스 할머니보다 더 젊은 나이에, 더 많이 배운 상태에서, 더 많을 것을 가진 상태에서 도전할 기회가 있다. 중년은 인생 후반전의 유년기일 뿐이다.

꼰대적 한마디 2
다 같이 하는 인풋은, 똑같은 보상만 줄 뿐이다

꼰대가 아니더라도, 성공을 꿈꾼다면 끊임없는 인풋이 중요한다. 성공이란, 성장을 욕심내면 저절로 따라오는 경우가 많고, 성장의 밑천은 인풋이기 때문이다. 회사에서 가장 기본적인 성장은 업무 능력의 향상일 것이다.

어떤 사람은 그럴 것이다. 업무 능력은 매일 회사에서 겪는 실전 속에서 자연스럽게 향상되는 것이고, 회사에서도 지겹게 교육을 시키는데 그것이면 충분히 인풋이 되고 있는 것 아니냐고 말이다. 맞는 말이다. 요즘 웬만한 회사에서는 다양한 교육을 체계적으로 실시하고 있고, 일부 회사는 직원이 매년 취득해야 할 학점을 정해 놓고 교육을 독려하고 있다. 승진 자격자 대상 교육, 승진하면 또 교육, 법에서 요구하는 의무 교육, 법이 바뀌어도 시스템이 바뀌어도 교육. 정말 지겹게 교육을 한다. 교육은 많이 하는데 문제는 다 같이 한다는 것이다.

이런 교육은 들으면 들을 수록 자신을 남들과 비슷한 인재로 만들어갈 뿐이다. 분명 귀중한 시간을 들여 무엇인가를 인풋했지만, 끝나고 보면 그런 인풋을 하지 않은 사람이 없다. 그러면, 그 사람들 안에서 나를 부각시킬 수 있는 무엇인가를 더 찾아서 인풋해 주어야 겨우 나를 돋보이게 할 수 있다. 그래서 개인적인, 자발적인 인풋이 중요하고 필요한 것이다.

남들과 다른 인풋도 중요하지만, 지속적인 인풋도 중요하다. 어떤 것이 요구되더라도 적절하게 아웃풋 할 수 있도록, 끊임없이 새로운 것을 흡수해야 뒤쳐지지 않을 수 있다.

회사에서 실시하는 교육은, 당장 업무에 필요한 정보를 최단시간에 직원에게 입력하는 것이 목적이다. 이러한 교육은 당장의 업무에는 도움이 되지만, 시간이 지나면 그 효용이 떨어진다. 시간이 지나면 사회적으로 요구되는 지식이 변하기 때문이다. 가솔린 엔진에 대해 어마어마한 지식을 쌓아도, 전기자동차만 사용하는 시대가 오면 무용지물이 되는 것처럼 말이다.

인풋은 공부와 같다. 대충하면 다 한 것 같고, 더 이상 볼 것이 없어 보인다. 하지만, 공부를 열심히 해 본 사람은 안다. 하면 할수록 더 해야 하는 것이 보이고, 욕심이 난다는 것을 말이다. 작은 인풋을 시작하면, 꼬리에 꼬리를 물고 인풋하고 싶은 것이 생길 것이다.

지금은 너도나도 창의적 혁신을 강조하는 시대이다. 소재가 달라야 차별화된 생각이 가능하고, 차별화된 생각만이 혁신적 아이디어를 만들 수 있고, 자신을 돋보이게 만들 수 있다. 그리고, 혁신에 필요한 소재도 계속 변한다. 그렇기에 남과 다른 인풋을 하기 위해 노력해야 하는 것이다.

우리 회사는 20년 동안 계속 위기였다
[변화에 대한 거부]

꼰대가 되는 세 번째 이유는, 새로운 방식을 시도하지 않거나, 받아들이길 거부하기 때문이다.

새해가 밝으면 시무식을 하는 회사가 많다. 사장님의 신년사를 듣는 것이 시무식의 가장 중요한 순서일 것이다. 대부분의 신년사는 작년 경영성과를 설명하고 직원들의 노고를 치하한다. 성과가 부진한 부서에 대해서는 새해에 더욱 노력을 경주해 달라고 당부하기도 한다. 그리고 새해 경영목표를 설명한 후 얼마나 시장이 위기적인 상황인지를 강조하고, 직원들의 분발을 당부하는 것이 일반적인 흐름이다. 20년 회사생활을 하며 20번의 신년사를 들었지만, 솔직히 기억에 남는 말은 거의 없다. 어렴풋하게 생각나는 것은, 우리 회사는 20년 동안 계속 위기였고 새로운 위협이 다가오고 있었다는 것뿐이다.

20년차. 이젠 웬만하면 회사 일에 협조적이고 싶은 우리 세대도 지겹고 감흥이 없는데, 3분짜리 동영상도 1.5배속으로 봐야 답답하지 않은 세대는 어떻게 느낄까? 피가 되고 살이 되는 덕담이니, 듣는 사람의 감성에는 와 닿지 않지만 들어야 되는 걸까? 이런 생각이 바로 꼰대의 사고 논리가 아닐까?

수천명 규모의 회사라면 거기 모인 직원들의 시간당 급여만 모아도 천만 원이 넘을 것이다. 투자 대비 실적을 따지는 회사에서 과연 이러한 시무식은 얼마의 가치가 있는 것일까? 아니면 새해를 기념하고 마음을 다잡는 이벤트라서 효용 같은 건 따질 필요가 없는 걸까?

아니다. 꼰대인 난 왜 그런지 잘 안다. 그저 하던 방식이 편하기 때문이다. 일부러 새로운 방식을 시도했다가 반응이 나쁘면, 새로운 시도를 한 사람만 곤란하고 피곤하다. 그리고, 새로운 방식을 시도하려면, 이 사람 저 사람을 설득해야 하고, 이것저것 준비하고 조정해야 하지만, 그럴 만한 열정도 부족하기 때문이다.

새로운 1년의 시작에 구태의연한, 무대에 걸린 현수막의 년도만 가리면 언제 한 시무식인지 구별하지도 못할 행사에 서 있는 것만큼 새 출발의 감흥을 빠르게 식혀주는 것도 없을 것이다.

이런 구태의연한 전개, 이벤트가 회사 만족도에 아무 영향이 없을까? 아니다. 아무 고민 없이 만들어진 이벤트, 매년 반복되는 의미 없는 행사 같은 것들을 계속 접하면, 직원들은 혁신과 창의성을 끝없이 강요하는 회사가 정말 변화하려는 의지가 있는 것인지, 의구심을 갖게 된다. 그리고, 그런 조직에서 변화를 만들려고 나서는 것이 주저되고, 점점 기존의 분위기에 동화될 수밖에 없다. 결국은 이런 회사의 조직문화는 점점 그 시대의 문화와 격차가 커지는 것이다.

하던 대로가 아니라, 변화하는 요구에 맞게 새로운 형식을 적용해야 한다. 새로운 생각을 가진 사람들을 움직이기 위해서는 새로운 형식의 활동이 필요하며, 새로운 형식이어야 새로운 생각이 담겼을 때 그 효과가 배가될 것이다. 증강현실 고글을 종이에 인쇄된 광고 전단지만 보여주며 팔려는 영업사원을 만났다고 상상해 보자. 생각만 해도 답답하지 않은가?

꼰대는 마음과 자세도 평가하고 싶다
[정성적 평가]

꼰대가 되는 네 번째 이유는, 젊은 세대가 평가받고자 하는 것과 꼰대가 평가하고자 하는 것이 다르기 때문이다.

꼰대라고 불리는 세대는 평생 단 한 번의 평가만 중요했다. 바로 대입 시험이다. 이 인생 최대의 이벤트 전에 몇 년을 어떻게 보냈든, 그한 번을 성공적으로 해내면, 인생의 많은 부분이 결정되었다. 영화 '더 킹'의 조인성처럼, 동네 양아치가 1년 열심히 공부하면 검사도 될수 있듯이 말이다. 하지만, 지금은 다르다. 각종 특목고와 학적부종합전형이라는 제도 때문에 초등학교 때부터 시험뿐만 아니라 학교 안팎에서 하는 모든 활동, 봉사가 평가의 대상이다. 예전엔 발명대회, 토론대회, 그림대회 등은 지루한 수업을 빼먹을 수 있고, 운 좋게 상이라도 타면 칭찬 한 번 받는 학창시절의 색다른 양념일 뿐이었다. 하지만, 지금은 입시 스펙을 쌓을 수 있는 중요한 기회 중 하나이다. 또한, 수시라는 제도로 인해 끊임없는 경쟁을 강요당한다. 거의 10년을 경쟁에 노출되고 나서 운 좋게 대학에 들어가도, 취업을 위한 스펙 쌓기라는 또다른 레이스가 시작될 뿐이다.

그렇다 보니, 그들에게는 '공정'이라는 것이 중요하다. 끊임없는 경쟁에 어쩔 수 없이 참여하고 인생의 황금기를 헌납하는데, 그에 대한평가가 공정하지 않다면, 그것만큼 허탈한 것도 없기 때문이다. 어느 공기업의 비정규직 직원의 정규직 전환이 좋은 예이다. 그들이 분개하는 이유는, 들인 시간과 노력이 다른데 똑같은 처우를 받는 것은, 자신의 노력이 올바르게 평가되지 않았다고 생각하기 때문이다. 이번 대통령 선거에서도 '공정'이라는 키워드가 대두된 것도, 이런 젊은 세대의 표를 얻기 위해서는 필수적인 전략이었을 것이다.

새로운 세대는 직장에서도 합리적이고 객관적인 것으로 평가받길 원한다. 그렇기에, 지시받은 과업을 훌륭하게 해내면, 그것에 대해서만 공정하게 평가받길 원한다. 자신의 직업에 대한 마음가짐이나, 생활태도 같은 객관적이지 않은 것들로 인해 합리적이어야 하는 평가가 변질되길 원하지 않는 것이다. 새로운 세대는 자기가 해야 할 일을 정확하게 해내면, 마음이나 의지를 굳이 가시적인 행동으로 보여주지 않아도 된다고 생각한다. 성과를 내는 것이 애사심의 표현인 것이지, 가정보다 회사를 우선 시 하는 것이 애사심을 표현하는 수단이 아닌 것이다.

하지만, 꼰대들은 성과도 중요하지만 태도와 마음가짐도 평가하고 싶어한다. 그 마음가짐을 행동으로 보여주길 원하고, 그런 행동이 보이지 않으면 은연중에 서운해하고, 나쁜 평가를 주는 것이다.

꼰대들은 정해진 출근시간 30분 전에 출근하는 것이 직원으로서 진취적 근무 의욕을 보여주는 것이라고 생각한다. 하지만, 새로운 세대는 이런 눈에 보이지 않는 것을 통해, 검증할 수 없는 것을 통해 평가받는 것은 공정이 아니라고 생각한다. 30분 먼저 출근하는 것이 의무라면, 30분 먼저 퇴근하는 권리를 갖는 것이 공정인 것이다. 회식 참여율이나, 야근 빈도도 마찬가지다.

지금 언급한 것은 극히 일부분일 뿐이다. 공정함은 합리적 평가를 기반으로 만들어진다. 합리성이란, 그 누구에게도 명확하게 정량적으로 설명하고 공감할 수 있는 것을 말한다. 꼰대들은, 자신의 평가가 이런 합리성에 근거하고 있는지 뒤돌아봐야 할 것이다.

꼰대적 한마디 3
First in, last out

하지만, 사람 사는 세상, 마음을 무시하기 힘든 것도 사실이다. 세상은 1과 0으로 만들어진 디지털 세계의 알고리즘이 아니기에, 1과 0 사이에 숨어 있는 마음을 100% 무시할 수 있는 사람은 많지 않다. 지금부터는 꼰대라 불릴 각오로, 마음에 대한 이야기를 해 보려 한다.

거리를 걷다가 무심코 소방서 앞을 지나갈 때, 소방차를 세워 두는 차고 셔터에 적혀 있는 문구가 눈에 들어왔다. 'First in, Last Out'. 아마도 화재가 나면 가장 먼저 뛰어들어가 마지막 생존자까지 구하고 가장 늦게 나오겠다는 소방대원들의 다짐을 적은 것일 것이다.

이 말에 좋아하는 영화 중 하나인 '분노의 역류'의 명대사 하나가 생각났다. 아마 꼰대라 불리는 세대가 아니라면 이름도 못 들어 봤겠지만, 분명 이 영화 때문에 소방관이 된 사람도 많을 것이다.

무리하게 예산을 삭감하여 많은 소방관을 죽음으로 몰고간 시의원에게 원한을 품고, 그를 응징하기 위해 연쇄 방화 사건을 저지른 소방관이 있다. 그의 동료인 주인공은 그 소방관을 추격하다가 화학공장에 들어가게 된다. 하지만, 화학공장에 대규모 화재가 발생하게 되고, 범인은 폭발의 충격으로 불구덩이에 떨어질 위기에 처한다. 주인공이 떨어지려는 범인의 손을 간신히 잡지만, 주인공도 중심을 잃고 겨우 한 손으로 난간에 매달리는 상황이 된다. 범인은 자기의 손을 놓아

달라고 말한다. 손을 놓아야 주인공이라도 살 수 있다. 바로 그 때 주인공이 말한다.

'You go, we go'

비록 배신은 했지만 그래도 당신은 서로의 목숨을 지켜주며 같이 불에 뛰어들었던 동료이고, 당신을 결코 혼자 보내지 않겠다는 것이다. 소방관은 동료끼리 서로의 생명까지 책임지는 특수한 직업이기 때문에 이런 마음가짐이 생기는 것이지만, 회사원도 마찬가지다. 의외로 마음가짐은 중요하다.

대부분의 신입사원은 오랜 기간 스펙 쌓기로 고통받고, 그 중에는 대학원이나 해외유학같이 큰 투자를 한 사람도 많다. 치열한 취직 경쟁을 뚫고 입사하면 빨리 능력을 인정받고 싶고, 크고 화려한 프로젝트를 배정받아서 그럴듯한 성과를 올리고 싶어한다. 요즘처럼 수평적 조직 체계를 강조하고, 창의적 업무 처리와 자발적 업무개척을 강조하는 조직문화에서는, 업종에 따라서는 처음부터 주도적인 업무를 할 수 있는 기회가 주어지기도 한다.

하지만, 기본적으로 사원은 조직문화를 흡수하고, 업무 프로세스를 익히고 상사의 업무를 지원하는 것이 일차적으로 요구된다. 그래서 능력보다는 마음가짐이 중요하다. 회사는 대단한 기술이나 지식을 가지고 있어서 무슨 일이든 척척 해내는 신입사원을 바라는 것이 아니다. 그런 사람이 당장 필요하다면 경력직을 뽑았을 것이다.

우리 팀은 대여섯명이 팀을 짜서 해외에 나가 프로젝트를 진행하는 경우가 많다. 우리 팀에는 입사 후 러시아에서만 근무하여 현재의 업무에 대한 경험이 전혀 없는 대리가 한 명 있었다. 프로젝트 팀에 그 대리가 합류했을 때는 걱정이 많았다. 업무 경험도 없었지만 기본적인 영어도 구사하지 못했기에 혼자서 외부 업무를 헤쳐 나갈 수도 없는 상황이었다. 그런데 그 대리의 마음가짐만은 기대 이상이었다. 아침에는 가장 먼저 나와 이동편을 확인하고, 밥 먹을 시간이 되면 먼저 나가서 식당을 알아보고, 밤 늦게까지 일할 때에도 마지막까지 자리에 버티고 앉아 무엇이든 했다. 호텔로 들어가는 것도, 이것저것 챙기고 가장 늦게 방에 들어간다. 물론 맡은 업무도 팀의 발목을 잡지 않도록 악착같이 해냈다. 그야말로 'First in, Last out'을 실천한 것이다. 별 거 아닌 것처럼 생각할 수 있으나, 이런 한 사람의 '파이팅'이 팀 전체에 좋은 영향을 준다.

> *"마음의 준비가 되어 있다면, 모든 준비가 되어 있는 것이다."*
> *- 셰익스피어 '헨리5세' 중에서*

'이런 말을 하는 것을 보니, 당신은 역시 골수 꼰대였어. 회사는 돈 받은 만큼 결과를 내야 하는 프로들의 세계인데, 부족함을 몸으로 때우는 것을 미담이라도 되듯 말하다니…'라고 이야기할지도 모르겠다. 맞는 말이다. 회사는 직급에 따라 요구되는 업무성과가 있다. 앞서 말했던 대리도 업무능력 향상 없이 헌신적 행동만으로 회사 생활을 계속할 수는 없다. 회사는 그렇게 온정이 넘치는 곳이 아니다.

그러나 팀의 성과를 위해 자발적으로 헌신하려는 마음가짐이, 좋은 성과를 이끌어내는 바탕이 된다는 것을 말하고 싶은 것이다. 왜냐하면 마음가짐은 쉽게 주위 사람에게 전파되기 때문이다. 지식의 전파는 가르치는 사람, 배우는 사람 모두의 노력이 필요하지만, 마음가짐은 느끼기만 하면 전파된다.

농구나 축구를 해 본 적이 있다면, 한 두 사람의 행동이 얼마나 팀 전체에 영향을 주는 지 알 것이다. 나는 꼭 이기고 싶은데, 같은 팀 선수가 설렁설렁 걸어 다니고, 공을 빼앗겨도 쫓아가지도 않으면, 어느 순간 미친 듯이 뛰어다녔던 내가 바보 같다는 생각이 든다.

반대의 경우를 보여주는 멋진 예가 있다. 바로 2022년 카타르 월드컵의 한국-가나전이다. 우리나라가 1점 뒤진 상태에서 남은 시간은 1분. 누구나가 아쉬움과 함께 패배를 받아들이려는 그 순간, 코너킥을 차러 달려가던 이강인 선수는 관중석을 향해 손을 힘차게 위아래로 흔들었다. 마치 '난 포기하지 않았어. 승리를 원한다면 더 크게 소리질러. 더 뛸 수 있도록'이라고 외치는 것 같았다. 마음은 전달되었을 것이다. 관중석의 함성은 커졌고, 그 순간 대표팀 선수들은 승리에 대한 희망을 내려 놓지 않았을 것이다.

회사도 다르지 않다. 각자가 일을 대할 때의 태도는 주위 사람들에게 영향을 미치며, 그런 개개인의 태도가 모여 조직문화가 되고, 좋은 조직문화는 성과로 보답 받게 되어 있다.

특히 사원이나 대리 때는 마음가짐이 중요하다. 아직 평가받을 구체적인 업무 성과가 많지 않기 때문이다. 성과는 없어도 과정에 대한 기여와 업무몰입도는 평가받을 수 있다. 좋은 마음가짐은 그 사람의 평가도 올릴 수 있고, 역량을 향상시킬 수 있는 좋은 기회를 얻기 쉬워진다. 본인의 성공만 쫓는 사람에게는 좋은 기회가 주어지지 않는다. 그런 사람과 같이 일하고 싶은 사람은 없으며, 의미 있는 프로젝트에서 배제될 가능성이 높아 진다. 그러다 보면 좋은 성과를 낼 수 있는 기회조차 잡기 힘들게 된다.

> *"지능, 에너지, 성실함을 보고 인재를 골라야 하며,*
> *그 중에서도 성실함이 가장 중요하다."*
> *- 워런 버핏*

이 시대 최고의 투자 귀재도 성실함의 중요성을 강조했다. 회사 입장에서는 부족한 전문지식은 얼마든지 돈으로 보충할 수 있지만, 성실함과 직원들의 마음가짐은 돈으로 살 수 없다.

제2장
꼰대의 존재 가치

앞에서 꼰대가 될 수밖에 없는 이런 저런 원인에 대해 알아보았다. 어느 조직이나 꼰대라고 불리는 사람들이 일정한 세력을 형성하고 있다. 어쩌면, 모든 사람은 시간이 지나면 필연적으로 꼰대가 될 수밖에 없을지도 모른다. 이미 이야기했듯이, 꼰대란 새로운 가치관을 가진 사람들의 평가에 의해 만들어지는 상대적인 개념이기 때문이다. 그렇다면, 이 세력은 그저 조직에 악영향을 미치고, 조직의 화합을 방해하는 존재일 뿐인 것일까?

아니다. 자연에 있는 모든 창조물이 그들 만의 역할이 있듯이, 조직의 모든 구성원은 나름대로의 역할이 있고 존재가치가 있다. 지렁이가 흙 속에 숨구멍을 만들어 주고, 물 흐름을 좋게 만들고, 흙을 퇴비로 바꾸어 주듯이 말이다. 구태의연한 행동을 강요하여 직원들을 숨막히게 하고, 직원들 이야기에 귀 기울이지 않아 정보의 흐름을 나쁘게 만들고, 공정하게 평가해 주지 않아 꿈을 퇴사의욕으로 바꾸는 것이 꼰대의 역할은 아닐 것이다. 꼰대도 조직에서 자신이 해야 할 일이 무엇인지를 정확하게 알고 그 역할을 제대로 수행해야 한다.

이 장에서는 꼰대로 분류되거나, 분류될 가능성이 있는 직장에서의 선배들이, 어떤 면에서 그 존재가치를 발휘해야 하는지, 왜 그들의 역할이 중요한지 이야기해 보겠다.

실패경험의 전수

꼰대의 첫 번째 존재 가치는 실패경험의 전수이다.

꼰대 기질이 넘치는 사람들의 말은 대개 "나 때는 말이야…."로 시작한다. 그들이 말하는 경험담은 대부분 비슷한 스토리를 가진다. 암울하고 힘든 상황 속에서 죽도록 고생했던 이야기이거나, 그런 상황에도 불구하고 기지와 뜨거운 열정과 탁월한 판단력을 가지고 일을 성공시킨 '히어로'(꼰대 자신)에 대한 이야기가 그것이다.

하지만, 꼰대가 후배에게 해줄 수 있는 가장 가치 있는 이야기는 실패 경험이다. 꼰대의 특기인 충고와 설교, 자랑스러운 성공담 전수가 아니다. 실패 경험은 회사의 현 수준과 실정이 가장 적나라하게 녹아있는 실화이며, 외부에서 돈 주고 얻을 수 있는 이야기도 아니다. 교육도 성공하기 위한 방법은 가르쳐 줄 수 있지만, 어떻게 하면 실패할 수밖에 없는지는 가르쳐 주지 않는다.

인터넷이든 책이든 성공에 관한 이야기는 넘치나, 실패에 대한 이야기는 찾기 힘들다. 성공에 대한 이야기는 성공한 본인이 기술한 내용이 중심이 되는데, 진정한 성공요인을 기술한 것은 많지 않다. 대부분의 역사가 승자의 주관적 기록인 것처럼 말이다. 우연하게 해당 업계의 호황기에 편승하여 실적이 좋아진 것인지, 경영자의 능력과 경영판단이 탁월했던 것인지 알 수 없다. 심지어 본인이 성공의 인과관계를 착각하고 있는 경우도 있다. 그렇기에 성공요인이라고 언급된 전략을 따라해도 성공할 수 있을지는 미지수이다.

하지만, 회사 선배가 해주는 실패담에는 그 당시에 선배가 치열하게 고민하고 사투를 벌였던 흔적이 녹아 있고, 회사가 어려운 상황에서 어떻게 대처했는지, 우리 조직의 리스크 관리 수준이 어떠했는지, 타사와의 차이는 무엇이었는지 적나라하게 알 수 있다. 따라서, 꼰대들이 말해주는 실패요인만 제거하면, 적어도 동일한 실패를 반복하진 않을 것이다.

회사에서도 아무리 사장님이 강조하고, 공문으로 전직원에게 주지시키고, 교육을 시켜도 같은 실패는 반복된다. 뉴스에서 아파트 하자에 대한 분쟁이 끊임없이 반복해서 보도되는 것만 봐도 알 수 있다. 아파트를 몇 십년간 공급하고 있는 대기업도 동일한 하자, 실패를 막지 못하고 있는 것이다. 왜냐하면 실패가 올바르게 전해지지 않았기 때문이다.

동일한 실패를 반복하지 않는 것은 생각보다 어렵다. 하지만, 실패를 반복하지 않는 것은, 가장 쉽고 확실한 발전 방법이다.

Fail fast, Fail forward

우리나라 기업들은 실패에 대해 지나치게 엄격한 잣대로 평가하는 경향이 있지만, 혁신을 추구하는 기업들은 실패를 하나의 과정으로 본다. 실리콘밸리의 기업들은 'Fail fast, Fail forward'라는 말을 많이 한다. 신속하게 새로운 아이디어를 시험하고 실패하되, 그 실패는 미래를 위해 활용되어야 한다는 뜻이다.

실리콘밸리에서는 2008년부터 매년 Failcon^{실패 컨퍼런스}이라는 행사를 개최하여, 세계 최고 수준의 인재들이 자신의 실패담을 자랑한다. BMW는 매달 '이달의 가장 창의적인 실수상'을 수여하고, GE는 50년 전부터 실패에 대한 데이터베이스를 운영하고 있다. 우리나라의 SK하이닉스에서도 2018년부터 실패사례 경진대회를 개최하여 가장 많이 실패하고 가장 활발하게 실패를 공유한 개인 및 팀을 포상하고 있다.

성공경험은 회사의 소중한 자산이나 실패경험도 그에 못지않은 의미 있는 자산이다. 실패 경험은 리스크 관리에 있어서도 귀중한 근거를 제시해 준다. 탈무드에서도 **'가장 큰 실패는 실패로부터 배우지 못하는 것'**이라는 말로 실패의 가치를 말하고 있다. 실패를 하더라도 한 가지 씩 실패하는 이유를 확인할 수 있다면, 그 실패는 가치가 있다.

"I never lose. I either win or learn."
나는 결코 지지 않는다. 이기거나 배울 뿐이다.
- 넬슨 만델라 Nelson Mandela

회사의 발전을 위해서도 새로운 시도는 중요하다. 매년 똑같은 사업만 하면서 전년도보다 실적이 향상되기를 바라는 것은, 요행을 기대하는 것과 같다. 새로운 시도를 하는 과정에서 발생하는 실패는 더 좋은 결과를 얻기 위한 토대가 된다.

모든 실패는 성공 못지않게 소중하다. 명품 말고 실패를 플렉스^{Flex}
하자.

긍정적 나비효과

꼰대의 두 번째 존재 가치는, 스스로가 솔선수범하여 회사에 긍정적인 물결을 일으키는 것이다.

회사에서 지위가 높은 사람 중에는 지위를 보상 또는 특권으로 착각하는 사람이 많다. 편안한 근무환경과 높은 급여는, 그 사람이 회사에 헌신했던 '과거에 대한 보상'이 아니다. 앞으로 그 자리에 걸맞은 긍정적인 영향력을 조직에 미치는 것에 대한 '미래를 위한 선투자'인 것이다.

신화적인 기업가 중에는 자신의 영향력을 이해하고 솔선수범을 몸소 실천한 사람이 많다. 한 때 유통업에서 독보적인 시장점유율을 가지고 있었던 월마트의 창업자 샘 월튼은 수많은 점포를 찾아다니며 고객에게 직접 겸손한 자세로 서비스하고, 고객이 마음 편히 쇼핑할 수 있도록 도움을 준 것으로 유명하다. 고객 응대 매뉴얼을 만들고, 그 매뉴얼의 준수 여부를 평가하는 것보다 훨씬 효과가 컸을 것이다.

"프랑스 철학자 몽테뉴가 남미의 인디언 추장을 만났다.
몽테뉴가 "추장님, 당신의 특권은 무엇입니까?"라고 묻자,
추장은 이렇게 대답했다.
전쟁이 일어났을 때, 맨 앞에 서는 것이지요"

또한, 높은 수준의 보수는 큰 곤경을 마주했을 때, 가장 앞에서 그 리스크에 대응하고, 해결을 위해 살신성인하고, 솔선수범을 보이는 것에 대한 위험수당도 포함되어 있다.

6.25전쟁 때 미군 장성의 아들 142명이 참전했고, 그 중 35명이 목숨을 잃거나 부상을 당했다. (KBS 1TV 'KBS스페셜 6.25특집-장군과 아들 한국 전쟁의 기억') 휴전 중이라고 하나 전투도 없는 나라에서 편법으로 자식들, 또는 본인의 징병 의무를 회피하려는 사람이 많은 요즘 세태에서는 상상하기 힘든 일이다.

물론, 명예와 사회적 책임을 중요시하는 미군 장성들의 군인 정신이 자식을 전쟁터로 보내게 된 원인일 수도 있다. 그렇다고 해도, 남의 자식이 나라의 부름을 받고 의무를 다할 때, 내 자식도 동일한 의무를 다하도록 한 것은 지휘관으로서 솔선수범을 실천했다고 볼 수도 있다. 병사들은 지휘관이 아들들을 전쟁터로 보내는 것을 보고, 자신이 죽을 수도 있는 이 전쟁이 소중한 것을 지키기 위한 가치 있는 일임을 느꼈을 것이다.

회사에서도 높은 자리에 있는 사람일수록 회사의 방침을 앞장서서 실천하여, 다른 직원들도 회사의 나아갈 방향에 적극 동참하도록 행동해야 한다. 세상에 공짜는 없다. 높은 지위와 많은 보수에는 그만큼의 책임과 사명이 따른다. 스스로가 많은 사람에게 큰 영향을 미칠 수 있고, 그것이 회사의 성과를 좌우할 수 있음을 자각해야 한다. 꼰대의 한마디 말도 나비효과에 의해 회사에 해일을 일으킬 수 있다.

꼰대적 한마디 4
변화의 출발점이 되라

꼰대는 우리나라에만 있는 종족이 아니다.

일본에서는 매년 회사원들을 상대로 회사생활의 애환을 '센류'로 표현하는 콘테스트를 여는데, 주로 꼰대들의 횡포와 어이없는 행태를 신랄하게 꼬집는 작품이 상을 받는 경우가 많다. 센류는 일본의 전통 정형시로 5자, 7자, 5자를 기본 형식으로 하는 한 줄의 시이다. 우리 나라 회사원들도 공감할 수 있는 것이 많기에, 역대 수상작 몇 개를 소개하겠다.

코스트다운 외치는 당신이 증가요인

오늘도 야근 나의 트윗에 아내 좋아요!

의견 내라 낸 순간 내가 담당자

회의 마치고 진심을 말하러 흡연장으로

일본도 권위적 상사가 많아, 회의시간에 자기 생각을 말하기 힘든 분위기인 경우가 많다. 그래서 회의실보다 상사가 빠진 흡연장에서 진솔한 의견교환이 더 잘 이루어진다.

나의 보스 야후에서 구글링해 무리한 요구

야후는 일본에서 가장 많이 사용되는 검색 사이트다. 구글링 Googling과 같은 최신 용어를 정확하게 이해하지 못하는 구시대 상사를 꼬집었다.

삭감이다 개혁 추진하면 내 일만 늘어

어느 나라나 좋은 아이디어 많이 내고, 일 잘하는 사람일수록 혹사당하는 것은 마찬가지이다.

내가 말했지! 들은 적 없지만 죄송합니다.

대부분의 꼰대는 선택적 기억장애라는 합병증을 가지고 있다. 일제 꼰대도 마찬가지인 듯싶다.

장시간 회의로 정한 업무단축안

잔업 없는 날 취미 없고 돈 없고 있을 곳 없고

주로 회사의 부조리한 업무 방식, 상사의 권위적 행동이나 IT 관련 무지함에 대한 비판, 아내에게 돈 버는 기계로 취급받는 서러움 등을 표현한 시가 많다. 일본어로 읽어야 정형시의 리듬이 살아서 더 맛깔스러운데, 그 느낌을 완벽하게 전달하지 못하는 것이 아쉽다.

재미있긴 하지만, 이런 자조 섞인 말들을 웃고 넘기면 안된다. 이제는 우리 스스로가 변화를 만들어 내야 한다. 지금 시대는 분명히 내가 회사에 막 입사했을 때보다 많이 유연해졌다. 유연하다는 것은 다양한 의견을 들으려는 시도가 많아졌고, 변해야 한다는 필요성에 대해 공감하는 사람이 많아졌다는 뜻이다.

지금 다니고 있는 회사의 모든 시스템, 조직문화는 예전에 누군가가 결정하고 만든 것들이 누적된 결과물이다. 당신이 그 '누군가'가 되어서는 안 될 이유는 없다. 만약 회사에 대해 불만인 것이 있다면, 스스로 바꿀 수 있는 위치에 올라가서, 다음 사람들이 똑같은 불만을 가지지 않도록 바꾸어야 한다. 바꿀 수 있는 위치에 앉아서 아무것도 안한다면, 당신도 그렇게 욕했던 회사의 구태의연한 시스템 또는 꼰대들의 일부가 되는 것이다.

더 책임 있는 자리로 갈수록, 고생스럽더라도 스스로가 변화의 출발점이 되어야 한다.

마이크가 아닌, 이어폰 되기

꼰대의 세 번째 존재 가치는 잘 듣는 것이다.

대부분의 꼰대는 많든 적든 회사의 전략에 영향을 미칠 수 있는 위치에 있을 것이다. 전에도 언급했듯이 새로운 생각을 흡수하여 전략에 반영해야 변화하는 사회에 적합한 전략을 수립할 수 있다. 하지만, 새로운 생각의 원천인 젊은 직원들의 생각이 경영에 영향을 미치기는 어렵다. 상사나 선배가 들어주지 않으면, 이들의 생각은 묻히고 만다.

회사에서는 윗사람은 주로 말하고, 아랫사람은 거의 듣고 있는 경우가 많다. 하지만, 업무적인 관점에서도 자기보다 직급이 낮은 사람의 이야기를 듣는 것은 중요하다. 대개의 경우 사원은 경험은 적으나 시장에 가장 가까운 위치에서 일하며, 업종에 따라서는 고객을 직접 대면한다. 높은 위치에 있는 사람은 경험이 많으나 시장과의 거리는 갈수록 멀어진다. 즉 고객과의 접점이 줄어들고, 정확한 고객의 동향을 파악하기 힘들어진다. 또한, 높은 자리에 있는 사람이 가지고 있는 경험 중 상당수는 성공경험일 것이다. 변화의 속도가 빠른 사회일수록, 과거의 성공경험만을 근거로 고객의 변화를 반영하지 않은 경영 판단을 내릴 경우 실패할 가능성은 높아진다. 그렇기에 회사 생활을 오래할수록 더욱 경청이 필요하다.

사회, 경제, 기술의 변화는 점점 가속되고 있다. 기업에서는 임원과 상위 관리자들을 모아 놓고 전문가를 불러 AI나 4차 산업혁명에 대한 특강을 열기도 한다. 하지만 신입사원들은 이미 그런 시대를 살아오고 있다. 그들은 학생 때부터 스마트폰이 지갑보다 중요한 생활을 해왔고, 공유경제를 일상적으로 활용하고 있다. 스마트폰에서 AI를 활용한 면접시험 연습 앱을 활용하여 취업면접을 준비하는 세대다. 따라서 시대의 변화에 대해 느끼는 것도 많고, 하고 싶은 말도 많을 수 있다. 그들의 이야기를 듣는 것은 중요하다.

잘 듣기 위해서는, 우선 상대가 편하게 말하도록 만들어야 한다. 회의에서 상사가 어떤 의견을 강하게 언급하거나 보고서에 대한 반응을 먼저 보이면, 직원들은 은연중에 상사가 듣고 싶은 말을 많이 하게 된다. 생각이 드러나지 않게 조심하고, 듣기에 중점을 두면 직원들은 자기 생각을 더 많이 이야기하게 될 것이다.

애플의 조너던 아이브는 애플대학교 강연에서 관리자의 가장 중요한 역할은, 침묵하는 자에게 발언권을 주는 것이라고 했다. 회의에서 상사가 심각한 표정으로 침묵을 지키고 있으면 부하는 쉽게 말을 꺼내기가 힘들다. 이럴 때엔 상사가 먼저 자신의 생각을 이야기하되, 직원이 상사의 의견에 적극적으로 이의를 제기할 수 있도록 배려하고 유도해야 한다.

대화의 3·2·1법칙이 있다. 다른 사람과 대화할 때에는 3분간 경청하고, 2분간 맞장구를 쳐주며, 1분간 말해야 한다는 것이다. 이 역시 상대방이 편하게 말하게 하는 것이 중요하다는 점을 강조하고 있다.

꼰대는 마이크가 되어서는 안된다. 세세한 소리까지 놓치지 않는 고품질 이어폰이 되는 것이 꼰대의 역할이다. 이왕이면, 상대가 직접 선을 연결하지 않아도 알아서 연결하고 들어주는 블루투스 이어폰이라면 더할 나위 없이 좋다.

경청이 어려운 이유

다들 경청이 중요하다는 것을 모르지는 않는데, 왜 잘 못하는 것일까?

듣기가 중요하면서도 어려운 이유는, 잘 들어준다는 것은, 상대를 쉽게 평가하지 않겠다는 의지가 필요하기 때문이다. 나는 당신에 대해 잘 알고 있고, 당신 수준에서 나오는 이야기가 어떤 이야기인지 다 안다는 생각이 있다면 경청하기가 힘들다. 회사에서도 남의 이야기를 몇 마디만 듣고 잘라 버리고, 자기 멋대로 해석해 버리는 꼰대들이 많다.

남의 이야기를 끝까지 듣는다는 것은 상대를 쉽게 평가하지 않는다는 것이다. 상대의 이야기에는 뭔가 가치 있는 것이 있을 것이라는 믿음이다. 타인을 일방적으로 결론지어 버리면, 더 이상 그 사람 이야기는 들을 필요가 없다.

만약, 정말로 상대 수준이 내가 생각하는 정도라 해도 역시 들어주어야 한다. 번번히 말할 기회를 뺏기고 무시당하면, 나중에는 아예 생각을 안 하게 된다. 생각하면 뭐하겠는가. 항상 말을 끊고, 무시해 버리는데. 그냥 침묵으로 거북한 시간을 견디는 쪽을 선택할 것이다. 그런 상황이 반복되면 성장할 수도 없다. 그렇기에 지위가 높아질수록 인내심을 가지고, 이야기를 끝까지 들어주어야 한다.

회사 동료나 부하도 나름 긴 시간을 살아왔고, 치열하게 일해 왔다. 그들만의 경험이 있고, 수많은 고민을 가지고 있다. 그런 것들은 단지 몇 년 더 길게 일했다고 쉽게 단정지을 수 있는 것이 아니라고 생각한다.

> "사람은 현재의 느낌에 전적으로 의지하면서
> 긴 과거에 대한 평가와 미래에 대한 예측을
> 놀라울 정도로 간단하게 끝내버린다."
> - 대니얼 카너먼 인지심리학자

사람은 타인이 일방적으로 정해 놓은 것을 하라고 하면 의욕이 꺾인다. 정해 놓은 것이 마음에 들지 않으면 동기부여가 안된다. 하지만, 기획단계에서 의견을 내고, 의사결정 과정에 참여한 경우는, 그 일을 성공시키고 싶어 의욕이 높아진다. 그렇기에 항상 팀원의 의견을 구하고, 자유롭게 발언할 수 있는 분위기를 만들고, 잘 들어주는 것은 조직의 성과도 높여줄 수 있는 훌륭한 동기부여 방법이다.

사람은 자기 이야기를 잘 들어주는 것만으로도 상대방에 대한 호감이 높아지고, 그 사람에 대한 신뢰가 높아진다고 한다. 꼰대는 항상 말하고 싶다. 하지만, 일단은 상대의 말이 끊어지길 기다리자. 그러면 상대도 참을성 있게 당신 말을 들어줄 것이다.

책임질 수 있는 크기가 존재가치의 크기이다

꼰대의 네 번째 존재 가치는, 책임을 지는 것이다.

조직에서 직책이나 직급 같은 위계질서가 존재하는 이유는, 권한과 업무 범위를 정의하기 위해서이기도 하지만, 책임의 범위를 명확하게 하기 위해서이기도 하다.

사원은 오직 자기자신만 책임지면되기 때문에 누구라도 될 수 있지만, 사장은 한 회사, 수천 명의 직원도 책임질 수 있는 사람만이 될수 있다. 위로 갈수록 책임의 크기가 커진다. 책임진다는 것은, 그들의 생계를 유지시켜주고, 그들의 일이 의미 있음을 일깨워주고, 문제가 생길 경우에는 자기가 관리를 하지 못해서임을 인정하는 것이다.

얼마 전에 이재용 삼성 부회장이 450조원의 투자계획을 발표한후, 기자의 질문에 "숫자는 모르겠고, 그냥 목숨 걸고 하는 것"이라고대답했다. 주가는 계속 내려가고, 잘못된 판단 한 번이면, 그나마 세계 일류 기업이라는 현재의 위상도 무너질지 모른다. 하지만, 높은 자리에 있는 사람은 결단을 내리고, 그에 대한 책임을 감내해야 하는 것이다. 지금의 삼성은 이런 결단이 만들었다고 해도 과언이 아니다. 1984년, 삼성은 수많은 어려움 끝에 64K D램 양산에 성공하지만, 그 분야의 기득권 세력인 일본 기업들이 저가 공세로 삼성을 무너뜨리려고 했었다. 판매가 감소하고, 재고 증가로 손실이 감당할 수 없는 수준에 이르렀다. 하지만, 그 순간 고 이병철 회장은 생산라인을 증설한다는 어려운 결단을 내린다. 결과적으로는 미국 정부의 일본 반도체에 대한 무역 보복으로 인해 삼성의 결단이 빛을 볼 수 있었지만, 이 결단의 무게는 일개 회사원으로서는 상상할 수도 없는 것이다.

결과에 대해 책임을 진다는 것의 또다른 의미는, 자신의 잘못을 인정하는 것이다. 하지만, 책임을 인정한다는 것은 쉬운 일이 아니다. 때로는 자신이 헌신하며 했던 일의 가치를 부정당해도 감내해야 하며, 자신의 생계가 위협받더라도 부하의 삶은 지켜주는 것이어야 하기 때문이다. 꼰대도 삶과 생계가 있고, 가족이 있기에 쉽지 않은 일이다.

밥줄을 걱정해야 하는 극단적인 경우가 아니더라도, 일상에서도 책임질 일은 많다. 단순하게 지시를 잘 못 내려, 후배의 귀중한 시간과 회사의 자원을 낭비하는 경우 등은 수없이 발생할 수 있다. 어떻게 보면 모든 것이 꼰대라 불리는 상사들이 떠안아야 하는 것들이다. 자존심이 강한 사람이라면, 이런 것들을 인정하는 것이 더 어려울 수도 있다.

책임을 지기 위해서는, 그만큼 평소에 책임질 일을 예방하기 위한 노력을 해야 한다. 때론 부하직원을 격하게 질책을 할 필요도 있고, 다른 사람을 화나게 만들 수밖에 없을 때도 생길 것이다. 자신이 술자리의 안주가 되어 질근질근 씹히는 찝찝함도 참아 내야 한다.

하지만, 이런 것들을 하지 않는다면, 잠깐의 '안락함'은 언젠가는 '책임'이라는 부메랑으로 되돌아올 것이다.

리더는 인기투표로 뽑지 않는다

요즘은 직장에서의 상호존중과 직원 간의 수평적 관계를 강조하는 분위기가 조성되다 보니, 부하의 호감을 얻어 리더십을 발휘하려는 사람도 많다. 리더가 팀원의 눈치를 보고, 편하게 만들어 줌으로써 호감을 얻어 조직을 통제하려고 하는 것이다.

"사람을 화나게 하는 것도 리더의 임무 중 하나이다.
리더십은 인기경쟁이 아니다.
그 누구도 화나게 하지 않고, 모든 사람을 만족시키려고
애쓰는 것은 범인이나 할 법한 일이다.
인기에 영합하는 리더는,
맞설 필요가 있는 사람들에게도 대항하지 못한다.
그리고 실적에 따라 보수를 주지 못하고,
현실에서 도전하는 법도 없다.
그리하여 결국 조직 내의 신뢰와 성취도를 떨어뜨린다."
- 콜린 파월 Colin Luther Powell 미국 육군 4성장군 역임, 정치인

여러분은 '아라비아의 로렌스'라는 영화를 아는가? 이 영화는 내가 태어나기 무려 13년 전에 만들어진 영화다. 하지만, 명작으로 평가받고 주말의 명화 같은 시간이 되면 끊임없이 재방송되었다. 어린 시절의 나에겐 그저 백인이 낙타 타고 싸우는, 전투 장면이 빈약한 지루한 영화일 뿐이었고, 끝까지 본 적도 없다.

하지만, 지금 40대가 되어 다시 본 이 영화는 나를 사로잡기에 충분했다. 끝없이 펼쳐진 파란 하늘과 노란 사막. 그 지평선에 선 하얀 옷의 로렌스. 그의 순수함과 세상의 질서에 순응하지 않는 자유에 대한 외침은 3시간 48분이라는 말도 안되게 긴 상영시간을 느끼지 못하게 했다.

사막을 사랑하는 로렌스는, 유럽의 제국주의 국가와 분열된 아랍 민족들의 끊임없는 전쟁으로 혼란한 사막에 새로운 질서를 만들기 위해 홀로 사막에 간다. 어떻게 하면 사랑을 얻을 수 있는지 알고, 그것을 행동으로 옮기는 데에 탁월했던 그는 현지인들의 절대적 신뢰를 얻고, 많은 전투를 승리로 이끈다. 하지만, 어느 순간 아랍인이 사랑하는 '아라비아의 로렌스'에 머무는 한 자신이 꿈꾸는 신세계는 만들 수 없다는 것을 깨닫는다. 미움 받을 각오를 하면 더 많은 일을 할 수 있고, 경멸과 증오를 견디어야 자신이 꿈꾸는 위대한 '아라비아의 로렌스'가 될 수 있음을 깨달은 것이다. 영화는 그의 이런 내면의 변화에 따라 이야기가 크게 바뀐다.

호감과 존경은 다르다. 존경할 가치가 없는 사람도 인기가 많고 호감을 가지게 할 수는 있으나, 그 사람을 따르겠다는 마음을 먹기는 힘들다. 제일 쉽게 리더십을 얻는 방법은 리더를 존중하게 만드는 것이다. 때론 인가가 낮아져도 신경 쓰지 말고, 흔들리지 말아야 한다. 올바른 일을 하고 있다면, 언젠가는 주변 사람도 그를 이해해줄 수 있는 순간이 온다.

제3장

친애(DEAR)하고 싶은 동료

회사가 해 줄 수 있는 최고의 복지는, 나에게 자극을 줄 수 있는 동료들이란 말이 있다.

물론 각종 금전적 복지나 쾌적한 근무 환경도 중요하고 무시할 수 없다. 하지만, 나에게 자극을 주고, 나를 발전시킬 수 있는 선배나 동료를 만나 충실한 시간을 보낸다면, 물질적인 복지가 더 좋은 근무환경으로 옮겨갈 기회도 늘어난다.

내 주위에 꼰대가 있다는 것은, 어떻게 보면 최악의 근무 환경이다. 사무실이 빌 게이츠 같은 세계 최고의 갑부들이 애용한다는 아만 AMAN리조트 같으면 뭐 하겠는가. 거기서 시도 때도 없이 꼰대의 설교를 들어야 한다면 말이다.

우리는 누군가를 꼰대로 분류하고 멀리하기 전에, 나 자신은 누구나가 '친애'하고 싶은 동료인지 생각해 보아야 한다. 사전을 보면, '친애하다'는 '매우 가깝고 친한 관계를 유지하다'라는 뜻이다.

회사원으로서, 누구나 존경할 수 있어 '친애'하고 싶은 사람이란 어떤 사람일까? 그것을 아는 것이 꼰대가 되지 않는 가장 확실한 방법일 것이다. 회사는 성과를 공유하는 시스템이기에 단순히 사람 좋고 착하다고 존경받을 수 있는 것은 아니다. 가지고 있는 능력으로 회사를 발전시켜 결과적으로 내 월급이 오르게 만드는 사람이 존경받을 수밖에 없다. 그런 사람이 결국 인정받고, 리더가 될 수 있다. 그런 사람이 꼰대로 낙인 찍힐 가능성은 거의 없을 것이다.

이 장에서는, 친애하는 동료가 되기 위해서 무엇이 요구되는가를 4가지 관점에서 이야기해 본다.

1. **D**ifference 차이를 만들어라

2. **E**ffort 노력하라

3. **A**ct 행동해라

4. **R**espect 존중하라

4가지 조건의 앞 글자를 따면 'DEAR'이다. 이 4가지만 갖춘다면, 누구나 '친애'하는 동료가 될 수 있을 것이다.

Difference - 차이를 만들어라

10년 전만 해도 서점엔 자기계발 책이 넘쳐났었다. 제목은 천차만별이지만, 말하고자 하는 것은 비슷비슷했다. 꿈을 가지고 포기하지 않고 매진하면, 언젠가는 성공할 수 있다는 것이다.

하지만, 이런 순진한 생각을 믿는 사람은 갈수록 줄고 있다. 죽도록 뛰어 헤드 슬라이딩으로 간신히 1루를 밟고, 유니폼에 묻은 흙먼지를 털며 고개를 들어 보면, 이미 3루에는 거만한 표정으로 이쪽을 보고 있는 사람들이 서 있기 때문이다. 3루에서 태어났지만, 자신의 능력으로 3루로 갔다고 믿는 사람들 말이다. 공부만 해도 그렇다. 혼자서 100시간 들여 힘들게 터득한 것을, 누군가는 100만 원짜리 학원공부 한 두 시간으로 얻을 수도 있다.

그렇기에 노력이라는 기도를 매일 하고, 수도사같이 많은 것을 희생하는 절제된 생활을 하며, 성공이라는 천국에 갈 날만 기다리는 종교에 스스로 뛰어들고 싶어하지 않는다. 물론 지금도 이력서에 한 줄의 스펙을 더 쓰기 위해 피땀을 흘리고 있는 사람들도 많지만, 성공이라는 천국을 믿어서가 아니라 남보다 뒤처지지는 않아야 한다는 위기감이 등을 떠미는 경우가 더 많을 것이다. 그렇기에 많은 젊은 사람들은 유튜버, 연예인, 인터넷쇼핑몰, 스타트업과 같이 어디서 출발하는지가 의미 없는 분야에서 성공을 꿈꾼다.

하지만, 회사는 다르다. 출발선은 모든 사람이 같다. 회장 손자나 사장 아들이라면 좀 다르겠지만, 그건 한 두 명이니 무시하자. 50억 재산이 있다고 과장부터 시작할 수 없고, 능력이 없으면 승진하지 못한다. 업무를 잘하기 위한 고액 학원도 없다. 더군다나 입사할 때 숫자나 서류로 검증할 수 있는 외적인 능력도 비슷한 사람들을 뽑았다. 얼마나 공정한 출발선인가? 이런 곳에서라면 노력이라는 말을 믿을 수 있지 않을까?

비슷한 사람들이 모여, 공평한 조건에서 경쟁하는 곳이 회사이다. 그렇기에 거기서는 노력이 성공을 불러올 수 있다. 하지만, 노력은 방향을 정하고 해야 한다. 노력의 결과가 자신을 차별화할 수 있어야 의미가 있다. 좋은 자리는 한정되어 있고 사람은 많다. 그래서 비슷한 사람들과 나는 다르다는 것, 나를 대체할 수 있는 사람은 찾기 힘들다는 것을 회사에 납득시켜야 한다.

어떤 차이가 필요하고, 어떻게 그것을 만들어낼 수 있을까?

인사이트가 인싸를 만든다

직급이 올라갈수록 개개인의 업무능력 차이는 적어진다. 여러 번의 진급을 거치면서 능력이 부족한 직원은 자연스럽게 걸러지게 되기 때문이다. 그래서 위로 올라갈수록 업무능력 이외의 것들의 차이가 눈에 띄게 되는 것이다. 업무능력 이외의 차이란 어떤 것들이 있을까? 창의력, 통찰력, 정치력, 정보에 대한 분석력 등을 들 수 있다.

회사에 있어보니 학벌 좋은 사람, 자격증이 많거나 전문지식이 풍부한 사람이 더 쉽게 승진하는 것이 아니라는 것이 보인다. 기술력이 중요한 건설업체나 전자업체조차도 그렇다. 찰스 다윈은 살아남는 종은 가장 강한 종이 아니라고 했다. 가장 지적인 종도 아니다. 변화에 가장 잘 적응한 종이 살아남는다.

회사에서도 시장의 변화, 회사 전략의 변화를 신속하게 파악하여, 자신을 변화된 상황에서 가장 필요한 사람으로 인식시킨 사람이 살아남는다. 따라서, 변화를 조기에 꿰뚫어 보는 능력, 즉 변화에 대해 분석하고 그 상황을 명확하게 정의할 수 있는 통찰력이 중요하다.

인사이트[Insight]를 캠브리지 사전에서는 'A clear, deep, and sometimes sudden understanding of a complicated problem or situation'이라고 정의하고 있다. 직역하면 복잡한 문제나 상황에 대한 명확하고 깊은 이해라고 할 수 있다. 통찰력 정도가 가장 근접한 우리말일 것이다. 개인적으로는 '복잡한 현상이나 흐름 속에 감춰진 핵심을 명료하게 정의하는 능력이나, 어렵고 복잡한 문제를 이상적인 형태로 해결할 수 있는 역량'이라 생각한다. 한마디로 복잡한 것을 간단하게 결론내는 능력이다. 앞으로 이 책에서는 이러한 능력을 '인사이트'라고 표현하겠다.

복잡한 정보를 재료로, 알 수 없는 미래에 대해 전략적 판단을 하는 것이 경영이다. 경영에서의 분석이란 수학처럼 정답이 있는 것도 아니기에, 인사이트를 통해 미지의 영역에 대한 예측을 해야 한다. 그래서 회사의 모든 업무는 인사이트가 필요하다.

예측을 했다면, 거기에 맞는 새로운 것을 만들어 내야 한다. 새로운 것은 이미 있는 것에 또다른 것이, 익숙한 것에 낯선 것이 섞일 때 만들어진다. 세상의 무한한 사물이나 사건에서 새로운 것을 찾는 안목, 어떻게 결합시켜야 혁신이 이루어지는지 간파하는 것 또한 인사이트가 필요하다. 넘쳐나는 정보에서 가치 있는 것을 걸러내는 것, 복잡한 것을 단순하게 생각할 수 있는 능력이 인사이트이기 때문이다.

높은 수준의 인사이트를 가지고 있는 사람들의 특징이 있다. 그들은 수많은 사람과의 회의에서, 자료에 적힌 내용이 아니라 적지 못했지만 하고 싶은 말을 찾아내는 것에 능하다. 또한, 장시간의 토의를 해도 결론을 내지 못하고 있는 상황에서, 교착상태에 빠진 원인이 무엇인지, 무엇을 바꾸면 결론에 이를 수 있는지, 단시간에 간단 명료하게 제시한다. 정리가 안된 장황한 PT를 듣고, 순간적으로 주장하려는 것을 파악하고 부족한 부분에 대해 설명을 이끌어 낼 수 있는 적절한 질문을 던지기도 한다. 또한, 그들은 대체로 이런 일들을 순간적으로 해낸다.

회사가 줄 수 있는 최고의 복지는 나에게 감흥을 줄 수 있는 동료의 존재라고 이야기했었다. 남에게 감흥을 줄 수 있는 사람이 바로, 자신만의 인사이트를 가진 사람이다.이런 사람이 회사에서는 인사이더[insider]가 되고, 차별화된 경쟁력을 가진다.

높아질수록, 복잡할수록, 수축할수록

회사에 어느 정도 긴 시간 다니다 보면, 상사와 내 능력이 큰 차이가 없는 것처럼 생각된다. 실무적인 전문 지식은 오히려 내가 더 풍부하고, 최신 기술에 대해서는 내가 더 경험도 많이 가지고 있다. 하지만, 정보를 다루는 기술은 차이를 느끼게 되는 경우가 많다. 정보를 다루는 기술이란, 수많은 정보를 종합적으로 분석하고 버무려 새로운 인사이트를 만들어내는 능력이다.

높은 자리로 갈수록 정보의 양 자체가 아니라, 정보로부터 자신만의 인사이트를 끄집어내고 설득력 있게 발산하는 것이 경쟁력이 된다. 상사가 주재하는 회의에서, 상사가 요구하는 것은 정보에 대한 설명이 아니라, 정보를 기반으로 한 인사이트와 그에 따른 전략이다. 그래서, 회의 전엔 열심히 공부하고 고민해야 한다.

회사원은 위로 올라갈수록, 자신이 수행해왔던 업무에 대한 단편적인 지식이나, 전문적 경험만으로는 회사를 제대로 이끌 수 없다. 물론, 통찰력의 기본은 현업에서 축적한 경험과 그 경험들을 통해 얻은 교훈이 바탕이 되지만, 그건 판단 자료의 일부일 뿐이다.

한 때 자기계발 서적에서는 T자형 인재, I자형 인재라는 말이 많이 화두에 올랐었다. 알파벳의 세로 획은 한 분야에 대한 전문성을, 가로 획은 폭넓은 분야에 대한 교양을 나타낸다. 따라서, I자형 인재는 특정 분야에 대한 전문성만 갖춘 인재를 뜻하고, T자형 인재는 자신의 전문분야에 대한 깊이 있는 지식을 가지고 있으면서도 다양한 분야에 대한 폭넓은 교양을 겸비한 인재를 뜻한다. 안철수는 A형 인재를 새로운 시대가 요구하는 인재상으로 제시하기도 했다. 전문성과 함께 다양한 사람과 협업을 할 수 있는 커뮤니케이션 능력을 가진 인재를 뜻한다고 한다.

개인적으로 지금은 'X자형 인재'가 요구되는 시대라고 생각한다. X자의 모양과 같이, 서로 다른 분야에 대한 깊이 있는 통찰을 바탕으로, 분야 간의 교차점을 발견할 수 있는 인재이다. 교차점을 발견하고 한쪽 분야에서 얻은 인사이트를 다른 분야로 확장하여 적용할 수 있는 능력을 가진 인재를 뜻한다.

아리스토텔레스도 **'창조성의 근원은 은유'**라고 했다. 은유는 '당신은 나의 태양'과 같은 표현을 말한다. '당신', '태양'과 같이 전혀 유사성이 없을 것 같은 두 가지를 분석하고 공통분모를 찾아 연결하여, 새로운 개념을 만들어 내는 것이다. 이런 생각을 잘 하는 사람이 X자형 인재가 아닐까 생각한다.

사회는 급변하고 있고, 그 속도는 나날이 가속되고 있다. 예전에는 특정 산업분야, 특정 국가 내에서 경쟁하고 영향을 주고받았으나 이제는 그 경계가 점점 희미해지고 있다. 국지적인 분석만으로는 올바른 판단을 할 수 없는 시대가 된 것이다. 미국과 중국의 경제마찰은 베트남의 세계 생산 공장화를 가속시킬 뿐만 아니라, 전 세계 기업의 SCM^{Supply Chain Management}에도 영향을 미치고 있다. 택시회사의 경쟁 상대는 다른 택시 회사가 아니라 우버, 전동 킥보드, 공유 자전거, 카셰어링, 만보기 어플인 시대이다.

일본은 만화가 출판업계에서 차지하는 비중이 높고, 24시간 만화방 업계가 큰 규모로 형성되어 있다. 어린이부터 어른까지 만화가 여가활동 중에서 최고의 인기를 얻고 있기 때문이다. 일본의 만화방은 연인들이 가장 싸게 데이트를 할 수 있는 장소로도 인기가 높다. 또한, 교통비가 워낙 비싸기 때문에 막차를 놓친 직장인이나 대학생이 호텔 대신 이용하는 경우도 많다. 심야의 택시비 정도면, 실컷 만화를 보고 간식도 먹고 독방에서 편하게 잠을 잔 후 아침을 사 먹어도 돈이 남기 때문이다. 그러다 보니 공용 샤워실을 갖춘 곳이 늘었으며, 몇 년 전부터는 호텔대신 숙소로 이용하는 외국인 여행객들이 급증했다. 일본 만화 매니아인 외국 여행객들에게는 이보다 매력적인 호텔이 없다. 최근에는 일부 만화방이 차별화 전략의 일환으로 시설을 고급화하고 있어, 만화방이 호텔의 경쟁 상대가 되기도 한다.

이와 같이 업계의 경계, 서비스 간의 경계가 의미 없어져 가고 있는 사례는 무궁무진하다. 앞으로는 더욱 넓은 범위의 산업, 세계 정세에 대한 이해가 필요하다. 폭넓은 범위에 대한 정보를 통해 새로운 통찰을 이끌어내야 하는 것이다. 그렇기에 인사이트를 키워야 한다.

과거 우리사회는 계속 인구가 늘고, 도시는 커지며, 모든 물품의 생산 및 소비가 증가하던 팽창 사회였다. 하지만, 지금은 인구도 소비도 줄어드는 것이 필연적인 수축사회에 접어들고 있다. 예전에는 자신이 속한 업계에 대한 연구만으로도 계속 커지는 규모 속에서 자연스럽게 이익을 창출할 수 있었으나, 이제는 자신이 속한 업계의 규모가 작아지게 때문에, 그 안에서만 이익을 창출하려고 하면, 필연적으로 이윤이 감소할 수밖에 없다. 그래서, 더욱 포괄적인, 기존의 경계선에 구애받지 않는 넓은 안목이 필요하다. 이 또한 인사이트의 필요성을 말해준다.

가장 빨리 인사이트를 다운로드하는 방법

인사이트를 키울 수 있는 가장 확실한 방법은 경험이다. 수많은 사건을 직접 겪고, 사람들의 행동을 보고 듣고, 인과 관계를 분석해 보는 것이다. 하지만, 경험에는 질적, 양적 한계가 있다. 회사를 다니면서 경험하는 것 중에는 영양가 없는 경험도 많이 섞여 있으며, 비슷한 경험이 계속 반복될 수도 있다. 그러다 보면, 높은 수준의 인사이트는 퇴사할 때가 되어서도 구축되지 않을 지도 모른다.

경험의 한계를 보완하면서 가장 쉽게 인사이트를 키울 수 있는 방법은 '독서'라고 생각한다. 독서에는 경험과 같은 질적인 한계도, 양적인 한계도 없다. 배달의 민족을 운영하고 있는 ㈜우아한 형제들처럼 직원들의 책 구매 비용을 무제한 지원하는 기업이 많은 것을 보아도, 책이 높은 가치를 지닌 매체인 것은 분명하다.

책은 가장 효율이 높은 정보 입력 방법이다. 예를 들어 어떤 사람이 1시간을 들여 조사하고 쓴 글을 10분만에 읽는다면 효율은 6배이다. 10분을 투자해 60분이 걸리는 정보를 얻었기 때문이다. 책마다 쓰는 데 걸리는 시간이 다르겠지만, 만약 6개월 약 25주이 걸린 책을 1주일만에 읽는다면 효율성은 25배 이상이다. 오랜 시간을 들여 제대로 준비하고 쓴 책일수록 효율성은 높다. 트위터는 효율 면에서는 굉장히 낮다. 10초 걸려 적은 30자의 트윗은 5초면 충분히 읽을 수 있기에 효율은 2배 정도밖에 안 된다.

알고 싶은 것이 있을 때, 대부분의 사람들은 인터넷 검색을 한다. 요즘은 유튜브 콘텐츠의 질도 높아져, 콘텐츠 제작 지원 팀의 전문적인 조사를 바탕으로 어떤 이슈에 대해 잘 정리된 5~15분 정도의 동영상을 제공하기도 한다. 체계적으로 정리되고 흡인력 있는 동영상을 보고, 사람들은 그 이슈에 대해 다 안 것 같은 느낌을 가진다.

이런 콘텐츠는, 요즘 같이 시간이 부족한 세상에서 최소한의 지식만 습득하면 된다는 사람에게는 충분한 정보이다. 하지만, 어떤 이슈에 대해 깊이 이해하고, 분석을 통해 자기 나름의 인사이트를 구축하고 싶은 사람에게는 단편적인 정보일 수밖에 없다.

유가를 예로 들어 보자. 인터넷에서 국제유가 관련 유튜브 몇 개를 본다고 유가에 대한 통찰이 생기는 것은 아니다. 하지만, '석유는 어떻게 세계를 지배하는가'^{최지웅 저, 부키}와 같은 책을 한 권 읽으면, 석유가 어떻게 해서 세계를 움직이는 힘을 갖게 되었고, 미국을 비롯한 강대국과 중동의 지금과 같은 관계가 왜 형성되었는지, 어떤 플레이어가 어떤 목적으로 유가를 조정하는지 이해할 수 있다.

이 책에서는 2014년의 유가폭락이, 2011년도부터 미국의 양적완화 정책에 의해 풍부한 자금을 수혈한 미국의 셰일오일 업체의 석유 생산량이 급증하자, 위기감을 느낀 중동 산유국이 증산을 통해 유가 폭락을 유도하여 셰일오일 업체를 도산시키려 했기에 발생했다는 분석이 있다. 단순한 수요 및 공급의 균형에 의해서가 아니라, 경쟁상대가 될 수 있는 신기술에 대한 방어전략으로도 유가가 이용될 수 있음을 알 수 있게 해준다.

또한, 2018년 트럼프 대통령이 결정한 시리아에서의 미군 철수는, 표면적으로는 정치적 이유를 내세우고 있지만, 2010년 이후 미국의 원유 생산량이 2배가량 증가하면서 석유 확보를 위해 막대한 군사비를 들여가며 중동의 안정을 관리하지 않아도 된다는 판단이 있기에 가능한 것이라는 분석도 제시하고 있다.

보통 200페이지 정도의 책 한 권을 만들기 위해서는, 최소 A4 용지 100장 이상의 원고가 필요하다. 100장의 글을 적으려면 그 몇 배 분량의 자료가 필요하다. 그만큼 방대한 조사와 분석을 해서 심도있는 내용을 전개해야 책 한 권이 만들어지는 것이다.

이 책의 저자는 석유 관련 업계에서 장기간 근무하다가, 해외 MBA를 다니면서 접한 수많은 고급정보를 분석, 연구하여 책을 저술했다. 이 책은 저자의 실무경험과 MBA에서 수 년간 연구한 성과물을 단기간에 내 것으로 만들 수 있다. 책은 내가 해야 하는 수 개월간의 조사와 연구, 고민과 사색을 저자가 대신해 주는 것에 돈을 지불하는 것이다.

나도 알고 싶은 것이 있으면 가장 먼저 구글링을 하고 유튜브를 찾아보는 것은 마찬가지지만, 반드시 그 주제의 책을 한 두 권 구해서 읽어본다. 그래야 그 주제에 대해 심도 있는 인사이트를 가질 수 있다. 그렇게 해서 얻은 통찰은 언젠가는 나에게 도움을 준다.

인터넷으로만 정보를 얻는 것은 뉴스의 스포츠 하이라이트만 보고 축구 경기를 평가하는 것과 같다. 하이라이트에선 골을 넣은 선수가 승리의 주인공처럼 보이지만, 사실은 90분동안 공 없이도 끊임없이 상대 수비수 뒤로 뛰어들어가, 수비의 빈 틈을 만들어 주고 수비수가 집중하지 못하도록 해 준 선수가 승리에 가장 큰 기여를 했을지도 모른다.

생각해야 독서는 끝난다

'Leader = Reader'라는 말을 많이 듣는다. 책을 많이 읽는다고 반드시 리더가 될 수 있는 것은 아니지만, 위대한 리더와 혁신가는 모두 독서를 즐긴다. 오바마 대통령은 트럼프 대통령 취임 직후에 한 인터뷰에서 **"8년간의 백악관 생활에서 생존할 수 있었던 비밀은 독서에 있다."**고 말했다. 또한 **"일이 급하게 돌아가고 수많은 정보가 난무할 때, 속도를 늦추고 다른 입장에서 생각하게 하는 능력을 준 것이 바로 독서."**라고 했다. 인텔의 창업자 빌 게이츠는 엄청난 독서량으로 유명하고, 미국에서는 그가 휴가 때 읽은 책이 베스트셀러가 되는 경우가 많다. 예를 들면 끝이 없다.

책은 분명 사람을 성장시킨다. 하지만, 그것은 읽으면서 적힌 내용과 싸우고, 저자와 토론하고, 느끼고, 자신을 뒤돌아볼 때만 가능하다.

책을 읽고 있으면 시간을 유용하게 쓰고 있다는 착각을 하게 된다. 하지만, 아무 생각없이 페이지가 넘어가는 것에 만족한다면 그것은 그냥 눈동자 운동일 뿐이다. 읽는 것이 중요한 것이 아니라, 적힌 내용에 대해 생각해 보는 것이 중요하다. 읽는 중간중간 마음에 드는 문장이나, 나의 상황을 투영해서 생각해 볼 수 있는 부분이 나오면, 잠시 책을 덮고 생각을 해보는 습관을 들여야 한다.

건축설계 공부를 할 때, 한 권에 수만 원씩 하는 거장 건축가의 작품집을 사서 본다고 설계 능력이 향상되는 것이 아닌 것과 마찬가지이다. 도면에 그어진 하나하나의 선이 왜 그렇게 그려졌는지, 그 선은 왜 여기서 휘는지, 휨으로써 어떤 효과를 주려고 했는지 등을 고민해 봐야 그 디자인이 내 것이 되고, 내가 설계를 할 때 써먹을 수 있는 무기가 될 수 있는 것이다. 그래서 건축학과에서는 거장의 건축물을 가능한 많이 스케치해 보라고 가르친다. 생각없이 책을 읽는 것은 작품집에 실린 멋진 사진을 눈으로만 보는 것과 같아서, 시간이 지나면 아무 것도 남지 않는다.

책이 영상이나 음성에 비해 많은 것을 뇌에 남기는 이유는, 스스로 문자를 읽고 이해해야 페이지를 넘길 수 있기 때문이다. 인터넷 강의 등의 동영상은 보는 사람이 아무것도 안 해도 강의가 진행된다. 멍 때리고 있어도 된다. 그래서 한 번 보고 나도 별다른 기억이 안 남는 경우가 많다.

책을 읽을 때는 자신이 시선을 옮겨가며 글자를 보고 해석하고 뜻을 이해하고 책장을 넘겨야 진행된다. 소설의 경우에는 스스로가 영화감독이 되어 읽고 있는 문장만으로 그 장면의 배경과 배우의 연기를 머리 속에서 만들어 나가야 한다. 영화는 누군가가 그런 뇌의 노동을 대신해 준 것이기에 편하게 볼 수 있다. 그렇기에 많은 사람들에게 책보다 영화를 더 좋아하지만, 힘들고 귀찮기에 독서는 더 의미가 있다.

가끔은 뷔페에 가봐야 한다

책을 읽을 때는 다양한 책을 읽었으면 한다. 회사원이라면 경제나 경영에 대한 책보다는 예술이나 과학에 대한 책을 더 읽어야 한다. 경제경영에 대한 책은 이미 알고 있는 것을 조금 더 업그레이드시켜 줄 뿐이지만, 전혀 다른 분야의 책은 생각의 규모를 비약적으로 키워 준다.

앞에서도 강조했지만, 다양한 분야를 접하여 그 다양함 사이에 흐르는 통찰을 얻어내는 것이 중요하다. 문학은 내가 살아보지 못한 다른 삶을 경험하게 해주어, 어떤 삶이 의미 있고 어떠한 세상이 좋은 세상인지 생각해볼 수 있는 기회를 제공한다. 역사는 과거에 사람이 한 판단이 어떤 결과를 만들어 냈는지 뒤돌아볼 수 있기에, 앞으로 어떤 판단을 해야 하는지 알 수 있게 해 준다. 철학은 인간이 어떤 방식으로 생각을 하고, 어떤 생각이 세상으로부터 가치 있는 것으로 공감을 얻을 수 있는지 알게 해주며, 타인에 대한 이해를 보다 더 잘 할 수 있게 한다. 예술에 대한 책은 어떤 문제의식을 어떻게 해결해야 하는지, 어떤 것에 사람들이 공감하는지 알게 해준다. 이렇듯 모든 분야의 책은 저마다의 가치가 있다.

또한, 책을 읽다 보면 나와는 다른 생각을 주장하는 책도 있다. 그런 책일수록 읽어볼 가치가 있다. 나와 다른 생각이 어떤 사고의 흐름으로 만들어지고, 무엇을 근거로 하는지 알 필요가 있다. 나와 다른 생각에 대해 잘 알수록 내 생각에 대한 확신을 가질 수 있고, 나와 다른 생각에 대해 너그러워질 수 있다.

다양한 책을 고르는 가장 좋은 방법은, 서점에 가는 것이다. 요즘은 워낙 인터넷 서점이 잘 되어 있어서, 읽고 싶은 책의 키워드를 치면 그 키워드가 포함된 책이 제시되고, 전문가 및 실제 구매자의 평가까지 알 수 있다. 어떤 사이트는 구매이력을 근거로 고객이 선호할 가능성이 높은 책을 골라준다. 이러한 기능은 내가 좋아할 만한 책을 효율적으로 찾게 해주나, 의외의 책과 만날 기회를 뺏을 수 있다.

서점에 가서 서가를 보다 보면, 내가 알고 싶은 것에 대해 예상치도 않은 키워드로 풀어나간 책들도 만날 수 있다. 또한 키워드는 같지만 전혀 다른 분야에 대한 책을 발견할 수도 있다. 그렇기에 서점에는 보다 풍부한 책을 접할 수 있는 기회가 있다.

어쩌다가 뷔페에 가면, 처음 보는 음식을 접할 때도 있다. 평소엔 먹어볼 생각이 전혀 없던 음식인데 먹어보니 의외로 마음에 든다. 그게 계기가 되어 그 음식의 전문점을 찾아다니게 되고, 나의 즐거움이 하나 더 늘어나는 것이다. 매일 가는 단골집만 가서는 그런 음식을 만나기 힘들다. 서점은 뷔페와 같은 곳이다.

이렇게 뭔가를 찾고 있을 때 찾고자 하는 것과는 다르지만 더 가치 있는 것을 발견하는 재능이나 그런 사건 자체를 세런디피티^{Serendipity}라고 한다. 우리가 스스로 새로운 것을 상상하고 찾아 나서기에는 한계가 있다. 그렇다면, 우리는 항상 우연한 만남과 발견과 만날 기회가 많은 곳, 세런디피티가 일어날 수 있는 곳, 사람과 정보가 어지럽게 모여 있는 곳에 관심을 가져야 한다.

서점에서 책을 고르면, 출판사의 교묘한 선전과 예쁜 디자인에 끌려 별볼일 없는 책을 고를 수도 있다. 하지만, 그런 실패조차도 뛰어난 마케팅 사례를 몸소 체험한 것이니, 마케팅에 대해 한 수 배웠다고 위로하면 그만이다.

사실, 좋은 책을 만나는 방법은 결국은 많은 책을 접하는 것밖에 없다. 좋은 사람을 만나는 요령과 마찬가지이다. 많은 사람을 만나봐야 좋은 사람을 알아보는 감이 생기듯, 책도 보면 볼수록 감이 생긴다.

　그런데, 한참 이야기하다 보니 나도 모르게 꼰대질을 하고 있다. 책만 가치 있는 양 강요하다니. 인사이트를 키우는 방법이 꼭 책이 아니어도 좋다. 이제는 유튜브도 훌륭한 매체이다. 각자의 취향과 성격에 맞는 것을 고르면 된다.

꼰대적 한마디 5
시스템적 문제의 해결방법

회사에서 발생하는 문제는 대부분 복잡한 요인이 복합적으로 얽혀 있다. 회사는 시스템으로 운영되고, 그 시스템에는 수많은 부서와 사람이 연결되어 있기 때문이다. 그러다 보니, 단편적인 개선으로는 해결되지 않는 문제가 많다.

문제해결에 관하여 가장 인상깊게 읽은 책이 '지금, 경계선에서'레베카 코스타 저이다. 이 책은 나에게 책의 가치를 확신시켜 준 몇 권의 책 중 하나다. 저자의 풍부하고 깊이 있는 연구가 녹아 있고, 읽는 사람에게 많은 생각을 하게 만든다. 그리고, 무엇보다 재미있다. 기회가 되면 꼭 읽어 보길 바란다. 이 책에 적힌 '문명'이나 '인류'라는 단어를 '회사'로 바꾸어 읽어보면 공감되는 부분이 많을 것이다.

저자는 사회, 문명, 지리, 인종이 달라도 모든 문명은 동일한 프로세스로 멸망한다고 말한다. 문명은 발달할수록 점점 많은 문제가 발생한다. 시간이 지나면 그 문제들은 갈수록 복잡해지고 방대해 져서, 어느 순간 문명에 속한 사람들은 제대로 된 해결책을 생각해 낼 수 없게 된다. 이 시점을 책에서는 '인식 한계점'이라고 부르는데, 이 시점이 지나면, 사람들은 문제를 다음 세대로 전가하거나, 잘못된 믿음에 근거하여 해결책을 만들어낸다. 마야 문명은 가뭄이 멸망의 직접적 원인인데, 가뭄이 심각해지자 마야인은 저수지를 건설한 것이 아니라 인간을 신에게 제물로 바치는 것을 해결책으로 믿고 실행했다. 비가 오지 않을수록 더 많은 사람을 제물로 바쳤을 뿐이다.

위험한 문제를 다음 세대로 전가하는 것은 회사에서도 흔하게 일어난다. 임원이나 보직자가 분명히 문제를 인식하고 있음에도 대응을 안 하는 경우가 있다. 임기 중에 적극적인 대응을 해서 실패하면 자신의 평가만 악화될 뿐이기 때문이다.

또한, 잘못된 믿음에 근거하여 해결책을 찾는 경우도 많이 있다. 한때 기업들이 너도나도 해병대캠프에 직원들을 참여시키던 시절이 있었다. 얼차려와 가혹행위를 당하면서, "그래, 정신력으로 단결하여, 어려운 시기를 이겨내는 거야!"라고 생각한 사람이 몇 명이나 될까? 정신력과 경영실적이 상관관계를 가진다는 믿음, 아니면 정신력이 단 몇 일간의 이벤트로 향상될 수 있다는 믿음이 맞는 것인지 틀린 것인지는 모르겠다. 하지만, 적어도 해병대캠프보다 좋은 방법이 있다는 것만은 확신할 수 있다.

저자는 인류 진보를 방해하는 5가지 장벽을 언급했는데, 이 부분도 역시 회사의 진보를 방해하는 5가지 장벽으로 읽어보면 많은 도움이 될 것이다.

첫 번째 장벽은 불합리한 반대이다. 복잡한 상황에 직면할수록 익숙한 것을 고수하려고 한다.

두 번째는 책임의 개인화이다. 문제는 시스템적 요인에 의해 발생하지만, 문제가 워낙 복잡하다 보니, 쉽게 책임을 전가할 수 있는 개인에게 책임을 묻게 된다.

세 번째는 거짓 상관관계이다. 단순한 상관관계를 인과관계로 착각하고, 상관관계를 기준으로 판단을 해버린다.

네 번째는 사일로식 사고이다. 복잡한 시스템적 문제의 해결을 위해서는 다양한 분야 간의 협업이 필요하나, 당사자들은 국지적 범위에서 해결책을 찾으려고 한다.

마지막 장벽은 극단의 경제학이다. 인류의 안전이나 복지를 위한 프로젝트는 막대한 자금이 필요하기에, 필요성을 알면서도 경제상의 한계로 실행되지 못하는 경우가 많다.

위의 다섯 가지에 대해 기시감이 들지 않는가? 회사에서도 복잡한 문제는 기존의 방식을 고수하면서 개선하려고 하고, 실패하면 그것을 담당했던 사람의 실패로 몰아간다. 어떤 문제는 전사적인 최적화가 필요한데, 각 부서가 부서내의 최적화를 위해 이기적인 판단을 한다. 또한, 개선해야 할 사항을 알고 있고 그것이 필요하다는 것도 절실히 느낌에도 불구하고, 당장 큰 투자를 하면 단기적으로 성과지표가 악화되기에 실행을 미루는 경우도 많다.

저자는 문명의 복잡한 시스템적 문제를 해결하기 위해서는, 다양한 해결책을 병행해서 실시해야 한다고 주장한다. 이 책에서는 '병행적 점진주의'라고 부른다. 하나의 방법을 시도하고, 그것이 끝나면 또 다른 방법을 순차적으로 시도하는 것이 아니라, 현 시점에서 생각할 수 있는 여러 방법들을 동시에 시도해 보는 것이다.

복잡한 문제 해결을 위해서도 역시 인사이트가 필요하다. 인사이

트가 있어야 올바른 인과관계를 찾을 수 있고, 기존의 방법과는 다른
새로운 방법을 접목할 수 있다.

"Chaos is order yet undeciphered"
카오스는 미해독의 질서이다
- 주제 사라마구 *Jose Saramago* 노벨상 수상 소설가

아무리 상황이 복잡하고 도저히 이해할 수 없는 상황처럼 보이는
것도, 알고 보면 우리가 그 복잡함에 가려진 해결책을 발견하지 못했
을 뿐이다. 복잡함에 기죽지 말고 끈기를 가지고 마주하다 보면, 한
가닥의 질서를 발견할 수 있을 것이다.

악마는 디테일에 있다

차이가 중요하다고 이야기했지만, 그 차이는 거창하게 눈에 띄는 것이 아니다. 각 나라에서 열리는 육상대회의 100m달리기 기록은 1, 2초 차이가 나지만, 올림픽 결승에서는 0.1초도 차이가 나지 않는 경우가 많다. 회사도 마찬가지이다. 회사원도 회사에 오래 다닐수록, 위로 올라갈수록 남들과의 차이는 갈수록 작아진다. 그래서, 회사원은 디테일에 신경 써야 하지만, 의외로 디테일에 대해 안일하게 생각하는 사람들이 많다.

'악마는 디테일에 있다' The devil is in the detail는 외국 속담이 있다. 작은 부분을 신경 쓰지 않으면 그 안에 숨어있던 악마가 나타나 전체를 해칠 수 있다는 뜻이다. 언뜻 보기에 쉬워 보이는 일도 막상 해보면 예상했던 것보다 훨씬 많은 노력을 쏟아 부어야 하는 경우가 있다. 보이지 않았던 디테일한 곳에 어려움이 숨어 있던 것이다. 작은 부분이라고 무시하면, 그 작은 부분 때문에 일이 끝나지 않는다.

뜻은 크게, 꿈은 원대하게 가져야 하나, 실행을 위해서는 디테일부터 챙기고 관리해야 한다. 회사 업무에 있어서도 마찬가지다. 아무리 기발한 기획도 디테일에서 검토가 부족하거나 신뢰를 주지 못하는 정보가 포함되어 있으면, 기획 전체가 믿음을 얻지 못한다.

"작은 일이 큰 일을 이루게 하고, 디테일이 완벽함을 가능하게 한다"
- 데이비드 패커드 휴렛패커드의 창업자

디테일이 잘못되면 한 순간에 전체를 망칠 수 있다. 2003년, 미국의 우주 비행선 컬럼비아호는 지구로 귀환하던 중 폭발했고, 타고 있던 7명의 비행사 모두가 사망했다. 원인은 우주 비행선 표면에 붙어 있는 2만여개의 단열재 중 하나가 떨어져 나가 왼쪽 날개에 부딪혔고, 조각이 부딪힌 날개 부위가 손상되어 과열로 폭발한 것이다.

컬럼비아호의 단열재 20,000개 중 19,999개가 완벽하게 붙여져도, 단 하나의 부실로 인하여 모든 것을 잃었다. 회사에서 만들어지는 수많은 기획이나 경영계획도 그 취지나 핵심부분이 아무리 뛰어나도 디테일에 결함이 있으면 다른 사람을 설득하기 힘들다.

신도 역시 디테일에 있다

디테일을 무시하면 높은 대가가 뒤따르기에, 성공을 위해서는 디테일에 대한 관리가 필요하다.

신은 디테일에 있다 *God is in the details*

원래는 프랑스 작가 귀스타브 플로네르가 처음 한 말이지만, 20세기 근대건축의 거장인 미스 반 데어 로에가 자주 한 말로 뉴욕타임즈의 부고기사에 언급되어 유명해진 말이다. 미니멀리즘을 자신의 디자인 철학으로 삼았던 미스 바 데어 로에는, 건축물의 디테일이 건축물의 아름다움과 완성도를 결정짓는다는 뜻으로 언급했다. 건축과 같은 예술에 있어서도 특별함과 평범함을 가르는 힘은 사소한 디테일의 누적에서 생겨난다.

회사에서도 굵직한 업무만 중요하게 생각하는 사람들이 많다. 하지만, 디테일한 개선의 결과는 결코 디테일 하지 않다.

만약, 작성하는 데 10분 걸리는 서류의 양식을 바꿔서, 5분 걸리게 했다고 해보자. 차이는 5분 밖에 안되지만, 그 서류를 1,000명의 사람이 일 년에 10번씩 사용한다면 50,000분이 단축되는 것이다. 지금의 최저시급 9,160원으로 계산해도 매년 763만 원이상 경비를 절감할 수 있다. 서류 양식 하나라도 조금 더 능률적으로 작성할 수 있고, 보는 사람에게 명확하게 전달될 수 있는 부분이 있다면 바꾸어야 하는 것이다.

하지만, 이런 소소한 일이 무슨 의미가 있을까라고 생각하는 사람도 있을 것이다. 큰 일에 집중하는 것이 중요하지 작은 일이 조금 비효율적이라고 '대세에 지장이 없다'고 말이다. 내가 가장 싫어하는 말 중 하나가 '대세에 지장이 없다'는 말이다.

"작은 일도 무시하지 않고 최선을 다해야 한다.
작은 일에도 최선을 다하면 정성스럽게 된다.

정성스럽게 되면 겉에 배어 나오고,

겉으로 드러내면 곧 밝아지고,

밝아지면 남을 감동시키고,

남을 감동시키면 변하게 되고,

변하게 되면 자라게 된다.

그러니 오직 세상에서 지극히 정성을 다하는

사람만이 나와 세상을 변하게 할 수 있는 것이다."

- 중용 23장

위 글은 사서오경에 속하는 경전 중 하나인 중용에 나오는 말이다. 내가 하고 싶은 말과 일맥상통한다.

작은 일은 어차피 대세에 지장이 없으니 괜한 에너지를 쓰지 않고, 큰 일이 오면 최선을 다하겠다는 사람도 있다. 그런 사람에게 묻고 싶다. 큰 일의 경계를 어떻게 정할 수 있을까? 정할 수 있다고 해도 큰 일, 중요한 일이 닥쳤을 때 갑자기 그 사람의 일하는 방식이 변할 수 있을까? 대세에 지장 없는 것들이 쌓이면 결과에 영향이 없을까?

사람의 생각은 쉽게 변하지 않으며, 습관과 행동은 더 바꾸기 어려운 것이다. 습관을 바꾸려면, 어떤 행동이 습관이 된 만큼의 시간이 필요하다고 한다. 그래서 담배도 끊기 어려운 것일 것이다. 담배피는 사람들은 밥 먹고 나서 반드시 한 개피 담배를 피우는 사람이 많다. 무수한 식후 흡연이 축적되어, 이제는 밥 먹고 담배를 안 피우면 차에 타고 나서 문을 닫지 않고 출발하는 느낌이 드는 것이다.

작은 디테일에 최선을 다하는 것은 큰 일을 성공시키기 위한 필수 과정이다.

지금은 감성의 시대이다. 아니, '겜성' 넘치는 위로가 난무하는 시대이다. 서점에도 '희한한 위로', '괜찮다, 다 괜찮다', '달의 위로', '음식의 위로', '나만 위로할 것', '고독의 위로', '뜻밖의 위로' 등 저마다 위로 한번 해보겠다는 책이 넘쳐난다. 심지어 다람쥐도 사람을 위로하기 위해 발벗고 나섰다. ('다람쥐의 위로') 그만큼 절박하고 위로가 절실한 시대일지도 모른다. 우리는 마음 맞는 사람과 같이 하는 한 잔의 소주에 위로 받기도 하고, 퇴근길에 문득 올려다본 하늘에서 멋진 노을을 발견하고 위로 받을 수도 있다.

하지만, 위로는 진통제일 뿐이다. 그것도 부작용이 있는 진통제일 뿐임을 알아야 한다.

위로 받고, 고통을 잠시 잊는다고 나를 힘들게 하는 현실이 바뀌는 것은 아니다. 마음 맞는 사람과 술잔을 기울이며, 회사에서의 울분을 토해내고 위로 받아도, 다음 날 아침에는 또다시 지하철을 타고 나를 괴롭히는 상황 속으로 스스로 걸어 들어가야 한다. 위로가 효과가 있어 그 발걸음을 가볍게 만들어 줄 지는 몰라도, 근본적인 변화가 없으면 어느 새 약효는 떨어지고 또 다른 진통제가 필요해진다.

위로는 나의 감각을 마비시켜, 당장 행동해야 하는 절박함을 잊게 만들고, 변화하기 위한 몸부림을 늦게 시작하게 만들 뿐이다. 원래 진통제는 치료나 수술 후에 먹는 것이다. 치료나 수술의 고통에 힘겹게 맞서 견뎌낸 몸을 쉬게 하는 것인데, 지금 시대는 치료나 수술은 안하고 진통제만 찾는 사람이 많다.

"당신 잘못이 아니에요"

인생은 99.9% 내 선택의 결과이다. 길 가다가 번개를 맞는다고 해도, 그 길을 선택한 것은 나다. 내가 생각할 수 있는 0.1%는 지구에 운석이 충돌하는 것 정도 밖에 없다.

"당신은 불행하지 않아요, 나를 봐요. 난 이렇게 절망스러워요"

행복의 점수는 내가 채점한다. 그리고, 평가방식은 상대평가가 아니라 절대평가이다.

"시간이 지나면 다 좋아질 거예요"

더러운 화장실에 들어갔을 때, 지독한 냄새는 시간이 지나면 덜 느껴지게 되지만, 냄새는 분명 거기에 존재한다. 후각이 마비되어 갈 뿐, 냄새가 좋아지는 것은 아니다.

삐딱해서 그런지, 위로의 말들을 들을 때마다 떠오르는 생각들이다. 위로에 기대어 고통을 잊기보다, 근본적인 변화가 필요하다. 진통제보다 정말 상처에 영향을 미치는 치료제가 필요하다. 더 좋은 것은 치료가 필요해질 지경이 되지 않도록, 평소에 꾸준히 면역력을 키우는 것이다. 노력은 삶의 면역력을 키워주는 가장 좋은 영양제이다. 위로 받아야 하는 상황에 빠지기 전에 노력해서 삶을 변화시켜야 한다.

변화는 한 방에 만들어지지 않는다. 그래서. 우리는 다시, 그럼에도 불구하고, 그 놈의 지긋지긋한 노력을 할 수밖에 없다.

회사는 직원이 가진 역량의 한계가 드러날 때까지만 승진시켜준다. 승진이 어느 시점에서 멈췄다면, 자신의 능력이 지금 자리의 일 정도만 해 나갈 수 있는 수준이라는 반증이다. 회사에서 성공하려면, 끊임없이 자신의 무능한 영역을 찾아내고, 그것을 없애기 위해 끊임없이 노력을 할 수밖에 없다.

드라이버는 거리보다 방향이 중요하다

일본에 근무할 때 지하철 안에서 우연히 광고 하나가 눈에 띄었다. 내릴 때까지 이 광고를 한동안 바라보고 있었다. 기능이나 디자인을 강조하는 것이 아니라, 아무것도 쓰지 않은 새로운 다이어리를 희망에 빗대어 표현한 카피라이터의 재치에 감탄해서이기도 하지만, 미래는 백지라는 말이 20대였던 나에겐 큰 울림이 있었기 때문이다.

"미래는 백지다. 라고 새로운 수첩이 가르쳐 주었다."

- NOLTY 광고에서

    새하얀 다이어리처럼, 미래는 정해진 것이 없으며, 다이어리가 무슨 내용으로 채워질지는 아무도 모른다. 하지만, 가장 큰 영향을 미치는 것이 나 자신인 것은 분명하다.

    하루 3시간씩 걸으면 7년만에 지구를 한 바퀴 돌 수 있다고 한다. 하루 8시간, 아마도 30년 이상을 회사에서 일하면서 당신은 무엇을 이루고 싶은가? 그것은 지구를 한 바퀴 돌았을 때만큼의 성취감이나 감동을 줄 수 있을까?

    노력을 하기 전에 목표를 정해야 한다. 목표와 꿈이 분명해야 지금 나에게 불어오는 바람이 순풍인지 역풍인지 알 수 있고, 목적지가 있어야 얼마나 왔는지 알 수 있다.

    대다수 꼰대들은 안다. 골프에서 드라이버는 거리보다 방향이 중요하다는 것을 말이다. 남보다 멀리 나가도 잘못된 방향이면 의미가 없다. 좀 느리더라도, 착실하게 홀 컵에 다가가는 것이 승리의 가장 확실한 방법이다.

72의 법칙

노력의 중요성을 이야기하는 것은 쉽지만, 노력을 지속하는 것은 말처럼 쉽지 않다.

회사 생활을 처음 시작했을 때는 내가 제일 바쁜 것 같았다. 해야 할 일은 산더미고, 책상 위의 서류는 시간이 지나도 줄지 않는다. 어느 정도 일이 마무리되었다고 생각한 순간, 상사에게 불려가 새로운 일을 받아온다. 내가 사무실 불을 끄고 퇴근하는 날도 많았다. 주말은 다음 주를 위해 휴식을 취해야 한다고, 하루 종일 침대와 소파에 누워 있는 자기자신을 합리화한다.

하지만 시간이 지나고 과장이 되고, 부장이 되어도 여유가 없는 것은 마찬가지다. 책상 앞에 앉아 있는 시간, 컴퓨터를 보고 있는 시간은 더 짧아질 지 몰라도 보다 많아진 책임과 네트워킹 때문에 자기 계발에 쓸 수 있는 시간이 없는 건 사원 때와 다르지 않다. 치명적인 것은 사원 때만큼의 체력이 없다는 것이다. 같은 시간이 남아도 휴식에 더 많은 시간이 필요하다.

한다는 것은 의지가 있는지 여부가 99%를 결정한다. 의지를 가지고 노력을 기울이면 어느 순간 습관으로 굳어진다. 습관이 될 때 까지는 힘들지만, 일단 습관이 되면 오히려 안 하면 허전하고 찜찜하다. 이렇게 굳어진 습관은 훗날 남들과 차이를 만들어 내어 큰 보상으로 되돌아온다.

어떤 행동을 오랜 기간 반복하는 것은 굉장히 소박한 일이지만, 무수한 유혹과 어려움을 극복해야 가능한 것이다. 그렇기에 습관이 된 행동에는 남이 쉽게 따라하지 못하는 비범함이 깃들어 있다. 그리고, 오랜 시간을 들여 만든 습관은 사람의 본성도 바꾸어 놓는다. 사람의 본성이라는 것은 결국 그 사람의 무수한 습관의 총합이기도 하기 때문이다. 항상 문을 열어주고, 순서를 양보하고, 안부를 물어주고, 어려운 상황이 보이면 도와주려고 다가가는 작은 습관들이 모여 '사려 깊은 사람'이라는 본성이 형성되는 것이다.

우리가 쉽게 습관이라고 부르는 행동은, 처음엔 우리의 본성을 변하게 만들고, 본성은 사람의 행동을 변화시키고, 결국엔 능력을 결정 짓다.

"처음에는 내가 습관을 만들지만, 결국에는 습관이 나를 만든다."
- 존 드라이든 John Dryden, 영국의 시인이자 비평가

지금 하루를 어떻게 보내든 당장 내일은 다른 사람과 아무런 차이가 없다. 그러나 10년을 어떻게 보냈는지는 10년 후 엄청나게 큰 차이를 만든다. 또한 그 차이를 깨달은 시점에 노력을 시작해도 따라잡을 수 없다. 이미 노력을 지속하고 있는 사람은, 그 시점에도 끊임없이 노력을 하고 있기 때문이다.

72의 법칙을 들어본 적이 있는가? 재테크에 관심이 많다면 알 것이다. 복리로 적금을 들 경우, 72를 이자율로 나누면 원금이 두 배 되는 데 필요한 기간을 알 수 있다. 이자율이 3%라면, 72 나누기 3은 24이고, 24년 후에는 원금이 두 배가 된다는 것이다. 72를 원금의 두 배가 되게 만들고 싶은 기간으로 나누면, 필요한 수익률을 계산할 수도 있다. 내가 10년 안에 원금을 두배로 키우고 싶다면, 72 나누기 10의 값인 7.2%의 수익률이 10년 동안 계속되어야 하는 것이다.

이 법칙을 사람의 역량에도 적용해 보자. 내가 가진 현재의 역량이 원금이라면, 일 년 동안 노력하여 향상된 역량은 이자이다. 만약 일 년 동안 노력하여 3.6%만큼 역량이 향상된다면, 20년 후에 내 역량은 두 배가 된다. 아무것도 하지 않은 사람의 역량이 자동적으로 매년 1%씩 늘어난다고 가정하면, 72년 후에나 역량이 두 배가 될 것이다.

회사에 입사했을 때 동기들과 능력 차이는 미미하다. 하지만 10년, 20년 후에는 분명한 차이가 생길 수밖에 없다.

하루, 한시간을 어떻게 쓰는지는 큰 차이가 없어도 작은 노력을 20년 반복했을 경우 이룰 수 있는 것은 상상보다 크다. 오늘은 힘든 하루였으니까, 오늘은 정말 기분 좋은 날이니까, 내일부터 연휴이니까, 내일은 힘든 일정이 많으니까 오늘은 쉬자고 할 수 있다. 쉴 수도 있다. 유부남이 사랑에 빠지는 것도 죄가 아니라는 데,^{드라마 '부부의 세계'의} ^{유명한 대사일 뿐이다} 쉬고 싶은 유혹에 빠지는 것 정도는 죄도 아니지 않은가. 하지만, 사람은 무엇인가를 하지 않아도 되는 이유를 찾는 것이 능숙해질수록, 성장하기 힘들다는 것을 잊지 말자.

신입사원을 보면 항상 부럽다, 그들이 가진 아직 사용하지 않은 시간 때문이다. 앞으로 긴 시간이 기다리고 있고, 많은 것을 시도해볼 수 있는 기회가 있다. 설령 실패하더라도 만회할 수 있는 충분한 시간이 있다. 그래서 부럽다.

> *"빌릴 수도, 고용할 수도, 구매할 수도,*
> *더 소유할 수도 없는 독특한 자원이 바로 시간이다."*

경영학의 대가인 피터 드러커도 이런 말을 남겼다. 시간의 힘은 그 무엇보다 강하다.

꼰대적 한마디 6
하거나 안 하거나. 해 본다는 없다

사람은 하고 싶은 일이나, 꼭 해야 하는 일만 한다. 생존에 필요한 최소한의 활동만 하며 에너지를 최소한으로 쓰는 것이, 생물학적으로는 가장 뛰어난 인간일 것이다. 그것이 인간의 어쩔 수 없는 본능이다. 그렇기에 본능을 거스르며 본인의 성장을 위한 노력을 '해야 하는 일'로 생각하도록 최면을 걸 수 있는 사람은, 유전자에 새겨진 자연의 원칙을 거스를 수 있는 능력을 가진 대단한 사람이다.

우리는 이런 대단한 사람이 되어야 한다. 나를 발전시키는 것은 '하면 좋은 일'이 아니라, 하지 않으면 몇 년 후에 나를 곤경에 빠뜨릴 수 있는 일이라고 최면을 걸 수 있는 사람 말이다.

그리고 반드시 그 노력은 성과를 낼 것이라고 믿어야 한다. 도전하기만 하면 반드시 결과를 얻을 수 있다면, 누구나 도전할 것이다. 그렇기에 실패할지도 모르지만 정열을 솟아 붙고, 집중력을 유지하는 것 자체가 하나의 재능이다.

어릴 적에 영화관에서 처음으로 본 영화가 '스타워즈'다. 80년대라 특수효과라는 것이 생소한 시절이었기에 영화를 보는 내내 광선검과 X-wing 전투기에서 눈을 뗄 수가 없었다. 스타워즈에서 주인공 루크가 최고의 제다이인 요다에게 훈련을 받는 장면이 있다. 포스라고 하는 제다이들이 가지고 있는 특수한 에너지를 처음 접하는 루크는 포스에 대한 믿음이 부족하다. 작은 물체를 포스의 힘만으로 들어올리는 것은 쉽게 성공하지만, 무겁고 큰 물건을 들어올릴 때는 자신의 능력이 이걸 해낼 수준이 되는가 의구심을 가지며 시도하기에 자꾸 실패한다. 이 때 요다가 주인공에게 말한다.

"Do or do Not. There is no try."
하거나 안 하거나. 해 본다는 것은 없어.

그리곤 주인공이 타고 온 우주선을 호수 밑바닥에서 포스의 힘만으로 들어올린다. 생각이 스스로의 능력을 억압하고 있음을 몸소 보여준 것이다.

우리도 이런 믿음이 필요하다. 반드시 성과를 낼 수 있다는 믿음 말이다. 어떤 노력을 도중에 포기하는 것은 성과가 보이지 않기 때문이다. 많은 사람이 처음에는 의욕적으로 다이어트나 헬스를 시작한다. 그러나, 아무리 적게 먹어도 체중엔 변화가 없고, 아무리 매일 헬스를 다녀도 복근이 생기지 않으면 포기하고 싶은 유혹이 커진다. 하지만, 성과가 본인이 느낄 수 있을 만큼 나타나기까지는 긴 시간이 필요하다.

라면을 끓일 때 냄비를 보면, 물은 분명히 계속 뜨거워지고 있지만 100도가 되기 전까지는 기포가 드문드문 생길 뿐 별다른 변화가 없다. 그러다가 100도을 넘은 순간, 큰 변화가 생긴다.

조바심을 가지지 말아야 한다. 아직 라면 물이 100도까지 데워지지 않았을 뿐이다. 분명히 냄비는 조금씩 뜨거워지고 있다. 될지 안될지 모르겠지만 남들도 하니까, 이거라도 안 하면 불안하니까 해 본다는 생각으로 달성할 수 있는 것은 세상에 많지 않다.

노력이라는 단어는 모두가 싫어한다. 험난한 암벽을 기어오르는 듯한 고통과 떨어질지 모른다는 불안감, 한참을 올라온 것 같은데 아직도 정상이 보이지 않을 때의 허무함, 포기하고 내려가고 싶지만 누군가 보고 있을 것 같아 그러지도 못하는 자존심 등이 얽혀 있기 때문이다. 그래도 한 가지 분명한 것은 있다. 노력은 시간이 지날수록 점점 쉬워진다는 것이다.

정지해 있는 자동차의 핸들을 돌리려면 많은 힘이 필요하지만, 일단 달리기 시작한 자동차의 핸들은 쉽게 돌아간다. 일단 해 보는 것 자체가 의미가 있다. 링컨은 나무를 자르기 위해 8시간이 주어진다면 도끼날을 가는데 6시간을 쓰겠다고 했지만, 링컨은 바보다. 해 보면 알 수 있는 것, 걱정했지만 막상 해보니까 의외로 쉽게 풀리는 것도 있다. 일단은 도끼질을 몇 번 해보자. 의외로 안쪽이 텅 빈 나무일 수도 있다.

오늘 아무것도 하지 않고 내일이 좋아지길 바라는 것은 '미래'를 저당 잡힌 돈으로 로또를 사는것과 같다. 무슨 생각을 어떻게 하든, 오늘 하나씩 행동해 보자. 그리고, 내일부터 시작이라는 생각을 버리자. 당신보다 좀 더 부지런한 사람, 당신보다 좀 더 일찍 깨달은 사람은 이미 어제, 당신이 내일 하려는 일을 끝냈을 것이다. 오늘조차 이미 늦었다.

꼰대는 마음까지도 평가하고 싶어한다는 이야기를 하며, 마음은 주위에 쉽게 전해진다는 말을 했었다. 무엇인가에 몰두하며 불안함과 지겨움을 견디며 노력하는 모습은 동료들에게 자연스럽게 전해진다. 사람들은 그런 사람을 친애하고 싶어한다.

노력할 때 알아야 할 것들

반복되는 실수는 그 사람의 수준이다

직급이 올라갈수록 부서 외의 일에 관여할 기회도 많아지고, 파견이나 TFT 등에 선출되어 다른 부서 사람과 같이 업무를 하는 기회도 늘어난다. 그만큼 접촉하는 사람도 많아지고, 많은 사람에게 자신의 이미지를 심어줄 수 있게 된다. 그렇기에 실수없이 업무를 수행하고, 착실하고 유능한 인재라는 이미지를 만들기 위해 노력하는 것은 중요하다.

하지만, 사람인 이상 가끔 실수를 할 수밖에 없다. 사원 때는 몰랐다고, 처음 해보는 일이라 실수했다고 하면 대부분의 사람은 이해하고 넘어가 준다. 실수에 대해 크게 생각하지도 않는다. 상사도 그 시절에 온갖 실수를 해왔고, 그러면서 일을 배워 왔기 때문이다. 그러나 실수가 거듭된다면, 그 사람의 능력이 실수를 예방하거나 회피할 수 있는 수준이 아닌 것이다.

건설현장에는 '삼진아웃' 제도라는 것이 있다. 노무자가 처음으로 현장에 들어오면 안전 헬멧에 3개의 빨간 스티커를 붙인다. 감독자는 노무자가 불안전한 행동을 한 것을 발견할 때마다 스티커를 하나씩 제거한다. 3개의 스티커가 모두 없어지면 현장에서 퇴장당하고, 다시는 그 현장에서 일할 수 없게 된다. 말그대로 아웃을 당하는 것이다.

처음엔 안전 규칙을 몰랐을 수도 있으니 봐준다. 두 번째는 알기는 하지만 몸에 배이지 않아 실수로 규칙을 어길 수도 있기에 봐준다. 하지만, 세 번째로 어긴다는 것은 그 사람이 현장의 지시대로 안전작업을 할 수준이 안된다고 판단하는 것이고, 언제든 사고가 날 수 있기에 퇴장시키는 것이다.

첫 번째는 몰랐을 수 있고, 두 번째는 실수일 수도 있다. 하지만, 또 다시 실수를 반복한다는 것은 실수가 아니라 수준이다.

살다 보면 욱할 수도 있다. 욱해서 막말을 퍼붓고 나서, 실수였다고 사과하는 사람이 있다. 한 번은 실수가 맞다. 하지만, 습관적으로 그런 행동을 반복한다면, 실수가 아니라 자기 감정을 제어할 수 있는 수준의 이성을 가지고 있지 않은 것일 뿐이다.

그렇다면, 어떻게 해야 자신의 수준을 높일 수 있을까? 너무 당연한 이야기일 수도 있지만, 많은 경험을 해보는 것이 가장 효과적인 방법이다.

야구에서 아무리 이론적으로 포수의 역할과 상황별로 취해야 하는 행동을 공부한다 해도, 포수 자리에 한 번도 앉아보지 않고 시합에 나가서 제대로 시합을 이끌기는 어렵다. 포수 자리에 앉아서 실제로 투수가 던진 공이 날아오는 느낌이 어떤지, 타구에 대해 야수들과 주자가 어떻게 움직이는지 직접 경험해봐야 시합을 이끌 수 있는 것이다. 기획서도 다른 사람이 작성한 것을 검토하는 것과 내가 직접 작성하는 것은 전혀 다른 업무이다.

> "들으면 잊는다. 보면 기억한다. 행동하면 이해한다."
> – 송정호 인포그래픽스 대표

직급이 올라갈수록 큰 역할을 할 수 있는 기회가 많이 주어지고, 자발적으로 나서면 경험할 수 있는 일도 많아진다. 더그아웃에 앉아만 있으면서 포수도 할 수 있다고 착각하지 말자. 홈플레이트 뒤에 앉았을 때 처음으로 보이는 것이 있다.

꼰대적 한마디 7
준비는 긴장으로 완성된다

회사 생활을 하다 보면 긴장하게 되는 장면이 많다. 몇 달 동안 준비한 사업에 대해 임원들에게 프레젠테이션을 하는 경우 같이 말이다. 회의실에 평소 어려워하던 많은 상사가 앉아 있고, 불이 꺼지면 벽에는 내가 작성한 파워포인트의 표지 앞에 나 혼자 불빛을 받고 서있게된다. 다들 나를 뚫어져라 쳐다보고 있다. 손에 든 레이저 포인터가 만드는 빨간 점은 나를 대신해서 쉴 새 없이 떨리고 있을 것이다.

긴장해서 실수를 하는 것인지, 실수한 경험이 있어서 긴장하는 것인지 모른다. 하지만 긴장이라는 것은 중요한 일을 하기 전에 몸과 정신을 집중시키는 유익한 신체 작용이다.

한번쯤은 올림픽의 100m 달리기 결승전을 본 적이 있을 것이다. 출발선 뒤에 엎드려 출발 자세를 취한 선수들의 근육은 혈관이 튀어나올 정도로 팽팽하게 수축되어 있고, 어떤 선수들은 아직 뛰지도 않았는데 벌써 얼굴 전체에 땀이 맺혀 있다. 세계 최정상급의 선수들도 이런 순간은 긴장하는 것이다. 하지만 그 긴장은 집중력을 높이고 순간적인 힘을 발휘할 수 있도록 몸과 마음을 준비시키는 의도된 긴장이다. 근육과 마음이 편안하게 풀려 있는 상태에서는 전력으로 뛰어나갈 수 없기 때문이다. 긴장을 두려워하지 말자. 긴장은 스스로를 최고의 상태로 가져가고 있는 정상적인 절차라고 생각하고 침착하면 된다.

스포츠에서는 가장 높은 수준의 퍼포먼스를 낼 수 있는 최고의 정신상태를 존^{Zone}이라고 한다. 선수들이 존 영역에 들어가면, 고도의 집중력이 생긴다. 야구에서는 회전하는 공의 실밥이 보이고, 농구에서는 주변 선수들의 움직임이 슬로 모션처럼 느리게 느껴진다고 한다.

업무에 있어서도 스스로의 집중력을 최고로 가져갈 수 있는 방법을 찾아보자. 일을 할 때 너무 편하다면, 조금은 스스로를 긴장시켜야 한다. 긴장까지는 아니더라도 일을 하기위한 루틴을 만들어 ON과 OFF 상태를 구분 짓는 장치가 필요하다.

운동선수 중에는 스스로 루틴을 만들어 순간적으로 집중력을 높이는 선수가 많다. 세계 최정상급 테니스 선수인 라파엘 나달^{Rafael} ^{Nadal}은 서브 하기 전에 항상 같은 동작을 반복한다. 발로 땅을 고르고, 라켓으로 두 발을 턴다. 그리곤, 엉덩이에 낀 바지를 빼고, 양쪽 어깨를 만진 후 귀와 코를 만진다. 매번 반복하는 이 동작을 한 치의 오차도 없이 정확하게 해 나가면서, 짧은 순간에 최고로 집중된 상태를 만드는 것이다. 성적만 봐서는 그의 루틴은 확실한 효과가 있는 것 같다.

긴장이 필요하다고 했지만, 사람은 필요 이상의 긴장을 하기도 한다. 실패했을 때를 상상하니 긴장하게 되는 것이다. 예전에 비슷한 상황에서 실패한 경험이 있으면, 상상은 더욱 현실처럼 생생하게 그려질 수 있기에 불안한 마음은 강해진다.

일어나지 않을 수도 있는 것을 미리 상상하지 말자. 미리 상상한다고 막을 수도 없고, 상상이 현실이 되었을 때 충격이 덜한 것도 아니다. 그것은 제일 무의미한 정신노동이다.

"사람이 공포를 느끼는 이유는 인간에게 상상력이 있기 때문이다."
- 영화 '올드보이' 중에서

공포나 긴장은 상상이 만들어내는 신체 반응일 뿐이고, 용기는 마음의 결단이다. 마음만 바꾸면 누구나 용기를 얻을 수 있다.

근자감과 자신감

실수와 긴장에 대해 이야기했지만, 그 반대의 영역에 있는 자신감이 반드시 좋은 것만은 아니다. 자신감은 때로 자신을 뒤돌아보지 않게 만들고, 실수를 발견할 기회를 놓치게 만든다.

정기적으로 업무성과에 대해 자기평가를 하는 회사가 많다. 1차적으로 본인이 스스로의 업무성과를 적고 점수를 매긴다. 그 후 직속 상관, 담당 임원이 2차, 3차 평가를 하는 것이다. 재미있는 사실은 거의 모든 회사원의 자기 평가점수가 92~98점 사이에 수렴된다는 것이다. 팀의 에이스급 직원이나 문제직원이나 자기평가는 2~6점 밖에 차이가 없다. 물론 이런 추세를 알기에 어쩔 수 없이 현실보다 높게 점수를 적어낸 사람도 있을 것이다.

하지만, 근거 없는 자신감을 뜻하는 근자감이라는 신조어도 있고, 이러한 현상에 대한 연구보고서가 많은 것을 보면, 이건 자기평가 때만 발생하는 특이한 현상은 아닌 것 같다.

이러한 현상을 더닝 크루거 현상Dunning-Kruger effect이라고 하는데, 대부분의 심리학 현상의 이름이 그렇듯, 사회심리학과 교수인 데이비드 더닝과 저스틴 크루거가 실험을 통해 도출해 낸 이론이다.

연구진은 학생들에게 시험을 치르게 하고, 자신의 예상 순위를 적어 내도록 했다. 실제 성적이 높은 학생들은 자신의 예상 순위를 낮게 적어 냈고, 성적이 낮은 학생들은 예상 순위를 높게 적어 냈다. 가지고 있는 능력이나 지식이 낮을수록 자신의 능력을 과대평가하는 경향이 증명된 것이다.

능력이 부족한 사람은 뭐가 부족한지도 정확하게 파악이 되지 않기 때문에, 막연하게 좋은 결과가 나올 것으로 예측해 버린다. 이것이 근자감의 원인이다. 반면에 능력이 뛰어난 사람은 자신에 대해서 비평적일 수밖에 없다. 허점과 부족한 점을 누구보다도 잘 알고 있기에 스스로에 대한 평가가 낮아지는 것이다.

윤종현 전 기획재정부 장관은 서울대 법대를 나오고, 서울대 행정대학원에서 석사를 하고, 위스콘신대학에 유학했다. 행정고시 수석 합격에 아시아개발은행이사, 금융감독원장 등도 역임했다. 이 정도면 우리나라 최고 엘리트라고 해도 되지 않을까? 그런데, 이런 분도 G20 재무장관 회의에 참석한 후에, 국제회의에 나갈 때마다 아는 게 없다는 것을 통탄하게 된다는 말을 했다. 최고의 엘리트지만, 많은 것을 알고, 수많은 경험을 했기에 자신의 한계를 더 절실하게 느끼는 것이다.

회사에서 보면, 근거가 부족한 자신감에 넘치는 사람이 많다. 모르는 것도 아는 듯, 확신 없는 것도 이미 검증이 된 듯, 거침없이 말한다. 이야기를 듣는 사람 입장에서는, 의견을 구했을 때 애매한 대답을 듣는 것보다, 자신감 넘치는 명확한 대답을 들으면 안심이 되고, 상대방의 확신에 전염된다. 그렇기에 자신감 넘치는 사람들이 유능한 사람으로 평가받게 된다.

자신감이 필요한 것은 사실이나, 그렇다고 자기의 태도를 억지로 꾸미거나, 자신의 주장을 무리하게 확실한 것으로 포장할 필요는 없다. 회사는 그 자신감에 근거가 있는지 없는지, 조금의 시간만 지나면 정확한 판단을 내린다. 가장 좋은 것은 자신의 본모습을 솔직하게 내비치는 것이다.

회사원은 서비스업이다

이런 말을 하면 기분 나빠 할 사람이 많겠지만, 회사원은 상사라는 고객이 요구하는 서비스를 신속 정확하게 제공하는 것으로 월급을 받는 서비스업 종사자이다. 물론 이런 일이 전부는 아니지만, 회사를 굴러가게 만드는 기본적 시스템이다.

서비스에 있어서 가장 중요한 것은 무엇일까? 당연히 고객 만족이다. 아무리 업무 성과물이 좋은 취지를 가지고 있고 뛰어나도, 고객인 상사의 마음에 안 들면, 서비스의 최소 조건을 만족하지 못한 것이다.

건축계에서 거장으로 불리는 건축가 중 한 명인 안도 다다오의 대표작에 '스미요시의 나가야'라는 단독주택이 있다. 폭3.6미터, 길이 14.4미터의 길다란 부지를 3등분하고 양쪽 끝에 2층짜리 콘크리트 건물이 위치한다. 중간은 정원으로, 지붕 없이 하늘을 향해 열려 있고, 양 쪽 건물의 2층을 이어주는 얇은 다리와 2층으로 가는 계단이 있다. 이 건물이 발표되었을 때 세상 사람들은 도저히 살 수 없는 집이라고 비판했다. 왜냐하면 방에서 방으로 이동할 때와 1층에서 2층으로 이동할 때는, 반드시 옥외로 나와야 하기 때문이다. 비가 오는 날엔 화장실에 가기 위해 우산을 써야 한다.

하지만, 건축주가 생각하는 삶의 방식이 있고, 우선순위가 있다. 세상 사람이 뭐라고 하더라도, 건축주가 만족했다면 안도 다다오는 최고의 일을 한 것이다. 돈을 내는 것도, 그 집에 사는 것도 건축주이기 때문이다. 다행히, 스미요시의 나가야는 광고회사에 다니는 집주인이 대단히 만족하며 오랜 시간 살았다. 또한, 건축학계에서는 좁은 부지에서 자연을 최대한 느끼면서 생활할 수 있는 협소주택의 걸작으로 평가받고 있다.

일에 자신만의 생각이 있고 거기에 공감하는 사람이 많다면 그것이 최선일 것이다. 하지만, 차선은 자신의 생각은 올바르지만 공감하는 사람이 없는 것이 아니라, 자신의 생각과는 다르지만 일을 맡긴 사람이 만족하고 공감하는 것이다. 왜냐하면, 책임을 지는 것은 일을 맡긴 상사이기 때문이다.

그렇기에 업무를 지시받았을 때, 혼자 결론을 내고, 그 결론에 따라 오랜 시간을 들여 만든 완벽한 결과물을 상사에게 보고하려 하면 안 된다. 그 작업에 쓸 수 있는 시간은 이미 거의 다 써버렸는데, 작성한 것이 상사가 원하는 방향이나 취향과 맞지 않으면 보완할 수 있는 시간도 없기 때문이다. 중간에 방향이 맞는지 피드백을 받아서 작업을 진행하는 것이 좋다.

업무에서도 인생에서도 노력으로 무엇을, 또는 누구를 만족시킬지를 생각해 볼 필요가 있다.

꼰대적 한마디 8
멘탈 갑은 커피를 좋아한다

회사원은 서비스업이기에, 다른 서비스업 노동자처럼 감정노동 Emotional Labor을 해야 할 상황이 많고, 그래서 강한 멘탈이 필요하다.

서비스를 제공했는데 '손님'이었던 상사가 '손놈'으로 돌변할지도 모른다. 손놈은 비상식적인 갑질을 일삼는 손님을 꼬집는 속어다. 당장 도망가고 싶을 정도로 노발대발하는 것이다. 그러나 쫄 필요 없다. 그리고 핑계도 필요 없다. 그 사람이 당신을 응원하는 사람이라면 핑계를 말할 필요가 없고, 적이라면 어차피 뭘 말해도 믿지 않을 것이다.

당장은 앞이 깜깜해지는 것 같아도 결국엔 지나가고, 시간이 지나면 그 때의 느낌은 흐려진다. 느낌이 흐려진다는 것은 어느정도 극복했다는 것이다. 지금 내 앞에 닥친 일은 결국엔 아무것도 아닌 일이 된다.

실제로, 지금까지 살면서 많은 문제를 겪으며 살아왔을 것이다. 이 사람이 바로 나의 마지막 사랑임이 분명하고 이 사람과 헤어지는 것은 상상도 할 수 없었지만, 지금은 그 사람이 생각도 나지 않는 최고의 파트너와 잘 지내고 있다. 이 직장을 그만두면 인생이 끝날 것 같았지만 지금은 더 신나게 새로운 일을 하고 있다. 천 만 원 더 준다고 해도 돌아가고 싶은 생각도 없을 만큼 만족하면서 말이다. 우리가 지금도 아무 일 없이 살고 있다는 것은, 그 심각했던 문제들을 잊었거나, 극복했다는 것이다. 여러분은 송중기처럼 잘생기지는 않았지만,

그 어려운 걸 자꾸 해낸다. _{드라마 '태양의 후예'의 대사}

나는 내 힘으로 어떻게 할 수 없을 것 같고, 사면초과 상태인 것 같다는 생각이 들 때면 전쟁영화를 본다. 전쟁터에서 주인공이 마주한 선택의 순간은 본인뿐만 아니라 많은 사람의 생명이 달린 문제이다. 잘못되면 죽는 것이고, 다음 기회는 없다. 하지만, 회사에서 일이 잘못된다고 죽지는 않는다.

당장은 창피하고 굴욕적이고 힘들어도 시간이 지나면 다시 기회는 온다. 그저 당당하게 버티면 된다. 따뜻한 커피 한 잔 마시면서 말이다.

> "사실 모든 커다란 위기 때
> 우리의 심장이 근본적으로 필요로 하는 것은
> 따뜻한 커피 한 잔뿐이다"
> – 알렉산더 대왕 _{마케도니아 왕국 군주}

매너리즘 탈출법

회사에서 5년, 10년 근무하다 보면, 무슨 일을 해도 예전에 해 본 일이고, 수없이 만드는 보고서는 매년 비슷비슷한 것 같고, 주위 사람도 본부를 이동하지 않는 이상 오래된 사람들이 대부분이다. 무슨 일이든 힘들이지 않고 해 나갈 수 있으니 일도 쉽고, 그냥 하던 대로 해도 큰 지장이 없다. 물론 새로운 기획도 만들고, 어떻게 하면 실적을 향상시킬까 고민도 하지만, 어느 순간 그 고민 자체도 예전에 해 본 고민 같을 것이다. 이런 생각이 든다면, 여러분은 매너리즘에 빠진 것이다.

매너리즘은 '끊임없는 노력'의 가장 큰 적이다.

> *"若將除去無非草* 약장제거무비초
>
> *베어버리려 보니 풀 아닌게 없지만*
>
> *好取看來總是花* 호취간래총시화
>
> *두고 보려 하니 모두가 꽃이더라."*

성리학을 집대성한 주자가 한 말이다. 어느 날 마당을 무심코 보고 있으니 모는 것이 베어버려도 되는 잡초처럼 보인다. 그런데, 깨끗하게 베어버리려고 마음먹고 마당으로 가서 가까이서 보니, 하나하나가 꽃처럼 예쁘더란 것이다.

일도 마찬가지이다. 그냥 기계적으로 임하면 일말의 감흥도 없는 귀찮은 것들일 뿐이다. 일정한 시간이 지나면 떨어지는 테트리스 게임의 벽돌같이, 아무 생각 없이 처리해야 할 것들일 뿐이다. 하지만, 자신을 거쳐 가는 일이, 거치기 전과 후가 같다면 일을 안하고 있는 것과 마찬가지이다. 관심을 가지고 더 좋게 만들려고 하면 얼마든지 훌륭한 일이 될 수 있다.

회사에서 후배가 가지고 온 서류에 오해를 불러일으킬 수 있는 부분이 있어 왜 그렇게 했느냐고 질문하면, 예전부터 쓰던 양식이 그렇게 되어 있다고 말하는 사람이 많다. 물론, 양식이라는 것은 모든 관계자가 미리 합의한 정형화된 틀이다. 하지만, 그렇다고 변경을 해서는 안되는 이유가 있는 것도 아니다. 기존의 양식, 업무방식, 프로세스는 지침을 줄 뿐 절대적으로 따라야 하는 법도 아니다. 더 좋은 것이 있다면 언제든 변할 수 있다.

> *"전통은 안내자일 뿐, 교도관이 아니다."*
> *- 윌리엄 서머싯 홈* 영국의 작가

매너리즘을 타파하기 위한 가장 효과적인 방법은 기존의 것을 다르게 바라보고 생각해 보는 것이다. 사업 기획에 있어서도 이런 방법이 좋은 출발점이 될 수 있다.

매너리즘에 빠져, 기존의 사업방식, 기존의 고객, 기존의 경쟁구도를 당연시한다면, 변화의 시작점을 찾을 수 없다. 모든 것에 대해 그

것이 최선인지, 변화를 줄 수 있는 부분이 없는지, 우리가 생각하고 있는 기본적인 전제가 맞는 것인지 의심하고 고민하는 것이 시작점이다. 기존의 것을 그대로 따르기만 한다면 일할 필요가 없다.

> *"비지니스에서 크게 성공하는 방법은*
> *통념의 오류를 찾아내는 것뿐이다."*
> *- 래리 앨리슨 오라클CEO*

요즘은 AI가 큰 이슈이다. 아니, 이미 이슈를 지나 세상에 폭넓게 적용되고 있어 사람들의 관심을 끌지 못하는 식상한 것이 되고 있는지도 모른다. AI가 의사보다 더 정확한 진단을 하고, 판사보다 더 정확한 판결을 할 수 있어, 가까운 미래에 이런 직업이 없어질 것이라고 한다. 이런 세상에서 회사원에게 가장 큰 위협은, AI가 사람처럼 생각하는 능력을 가지게 되어 일자리를 뺏기는 것이 아니다. 사람이 AI처럼 생각하는 것이 더 위험하다.

AI가 점점 사람과 유사한 판단을 할 수는 능력을 가지는 게 되는 것은 필연적인 진보이다. 지금까지 사람이 해 왔던 판단을 빅데이터를 통해 파악하고, 딥러닝 등의 기술을 사용하여 어떤 판단을 사람들이 올바른 것이라고 하는지 학습할 수 있다. 하지만 AI는 사람이 축적한 과거의 데이터를 부정하지는 못한다. 우리는 컴퓨터가 하지 못하는 방식으로 생각할 수 있다. 기존의 데이터가 A가 답이라고 말해도, 의도적으로 B를 선택할 수가 있는 것이다. 피카소도 '컴퓨터는 멍청하다. 정답밖에 못 내놓으니까'라는 말을 남겼는데, 이 말도 데이터에 기반한 일률적인 사고보다 인간의 창의적인 판단능력이 더 가치 있음을 의미한다.

해석의 다양성을 인정하고, 기존의 것에 얽매이지 않고 생각하는 것도 매너리즘으로부터의 탈출구 중 하나이다.

매너리즘은 노력조차도 무기력하게 만든다. 아무 생각 없이 노력만 계속하면, 노력하고 있다는 사실 자체에 만족해 버리는 것이다. 노력도 재미와 새로운 발견이 있어야 계속할 수 있다.

꼰대적 한마디 9
계획적 나태함의 권유

끊임없는 노력을 위해 매진하는 것도 중요하지만, 가끔은 재충전이 필요하다. 요즘은 회사에서도 재충전할 수 있는 기회를 제공하려고 노력한다.

재충전을 위한 수많은 방법이 있겠지만, 최고의 재충전은 여행이라고 생각한다. 여행의 좋은 점은 공간이 바뀐다는 것이다. 사무실은 점심 시간이라도 일 생각을 완전히 떨쳐낼 수 없는 장소이고, 집에 있다 보면 여러가지 일상적인 것들이 걱정된다. 청소도 해야 하고, 쓰레기도 버리러 가야 하고, 장도 보러 가야 하고…. 이런 생각들이 시도 때도 없이 다가온다. 여행을 간다는 건 평소에 나에게 수많은 생각을 하도록 강요하는 공간으로부터 해방될 수 있다는 것이다.

사람은 환경의 영향을 많이 받는다. 미국의 소크 생물학연구소는 12명의 노벨상 수상자를 배출한 세계최고 수준의 연구소이다. 이 연구소는 천정 높이가 3.3m 정도로 지어졌는데, 이는 일반적인 사무실 천정 높이인 2.4m보다 상당히 높다. 천정높이를 조정할 수 있는 방에서 문제를 풀게 하는 방식으로 천정 높이와 창의성과의 상관관계를 조사한 연구가 있는데, 실제로 3.3m 정도의 천정 높이에서, 사람들은 최고 수준의 성과를 보였다. 또한, 회사의 파티션 높이만 바꾸어도 협업의 정도와 업무 몰입도가 바뀐다는 연구도 있다. 이렇듯 같은 공간에서 부분적으로 변화가 생겨도 사람의 생각과 행동이 변하는데, 장소가 바뀌면 얼마나 큰 영향을 미치겠는가.

변화된 환경에서는 자연스럽게 새로운 생각이 솟아나고, 접해 오던 일이나 환경을 새로운 관점에서 바라볼 수 있게 만든다.

> "여행은 적어도 세 가지를 깨닫게 해 줄 것이다.
> 하나는 타향에 대한 지식이고
> 두 번째는 고향에 대한 애착이며,
> 마지막 하나는 자신에 대한 발견이다."
> - 브하그완 인도 철학가

여행에서 깨닫는 건, 내가 알고 있는 상식이 세계적으로는 상식이 아니라는 것이다.

처음으로 미국에 갔을 때 미국 항공사 비행기를 탔었다. 역도선수 같은 체구의 캐빈 어텐던트가 껌을 씹으며 서빙하는 모습을 보고 충격을 받은 기억이 있다. 그 당시엔 대한항공 밖에 타보지 않았었고, 여리여리한 체격의 승무원이 백화점 직원 같은 친절한 서비스를 하는 것이 당연한 줄 알았었기 때문이다. 또한, 교통체증이나 대중교통의 발달 정도 및 국민성에 따라 시간 약속에 대한 개념이 다를 수 있다. 아시아개발은행이 가장 교통혼잡이 심한도시로 꼽은 마닐라처럼 약속에 좀 늦는 것이 결례가 되지 않는 곳도 있고, 일본처럼 약속한 시간 10분전에 도착하면 5분전까지 기다리다가 약속장소에 나타나는 것이 최상의 매너인 곳도 있다. 다른 나라의 사회 시스템, 문화 등을 알면 알수록 그 사람들의 행동에 대해서 이해도가 높아지고, 더 가까워질 수 있다. 또한, 비즈니스에 있어서도 적절한 대응이 가능하다.

일본 회사원에게 무엇을 제안하면, 그들은 "회사에 돌아가서 검토해 보겠다"는 말을 많이 한다. 심지어 그 일에 대한 결정권자임에도 그런 대답을 많이 한다. 한국 사람들은 그 말을 그대로 받아들이고 마냥 기다린다. 시간이 갈수록 그들이 제안을 받아들이려고 심각하게 검토하기 때문에 회신이 늦어진다고 생각한다. 그러다 한참 후에 제안을 받아들이지 못한다는 회신을 받으면 크게 실망한다. 정말로 상대방의 제안에 대해 회사로 돌아가 검토하는 경우도 있겠지만, "돌아가서 검토해 보겠다"는 거절의 또다른 표현일 때가 많다. 일본인들은 상대편 면전에서 바로 거절하는 것은 예의가 아니라고 생각하기도 하고, 부정적 답을 함으로써 서로 껄끄러운 장면이 연출되는 것을 피하고 싶어하기 때문이기도 하다. 이렇듯 다른 나라에 대한 이해는 올바른 판단을 하기 위해서도 중요하다.

이제는 사업에 있어서도 국경의 의미가 점점 없어지고 있다. 우리나라에서 하던 방식을 해외에서도 고집하면 실패할 수도 있다. 유연함이 필요다. 머리의 유연성을 길러주는 스트레칭과 같은 것이 여행이다.

남이 만들어 놓은 일정에 맞추어 상대가 보여주고 싶어하는 것만 수동적으로 보고 먹는 것은 관광이다. 스스로 모든 것을 결정하고, 우연에 몸을 맡기고, 예기치 못한 일탈을 즐기는 것이 여행이다. 우연이 많을수록 더 좋은 스트레칭이 된다.

여행에 대해 이야기하면, 참 팔자 좋은 소리 한다고 할지도 모르겠다. 회사 다니면서 하루 이틀 연차 쓰는 것도 마음대로 안되는데, 여행가는 것이 쉽냐고 말이다. 하지만, 여유는 스스로 만드는 것이고, 만들어야 그것을 만끽할 수 있다. 여유가 있어서 여행을 가는 것이 아니다. 그리고, 사실 당신이 회사에 몇 일 안 나와도, 회사는 아무 문제 없이 잘 굴러간다. 회사원이 하는 가장 큰 착각은, 자신의 역할을 과대평가하는 것이다.

> "머무름을 안 뒤에야 자리를 잡을 수 있고,
> 자리를 잡은 뒤에야 고요할 수 있으며,
> 고요해진 후에야 안정이 되며,
> 안정이 된 뒤에야 생각할 수 있고,
> 깊이 사색한 뒤에야 얻을 수 있다."
> – 대학

대학에서 말하는 머무름이 곧 재충전이라고 생각한다. 휴식은 일의 반대가 아니다. 휴식은 일을 잘하기 위한 재료이고, 일은 휴식을 값지게 만든다.

Act – 행동하라

'친애'하기 싫은 동료의 대표적인 유형이, 행동하지 않는 사람이다.

실패하는 사람은 크게 두 부류로 나눌 수 있다. 생각은 있지만 움직이지 않은 사람과, 제대로 된 생각없이 성급하게 움직여 버리는 사람이다.

회사를 다니다 보면, 실패를 하지 않기 위해 복지부동을 관철하는 사람이 있다. 두 부류 중 행동하지 않는 사람들이다. 항상 안정적인 일만 찾아다니고, 무난한 계획만 만든다. 처음 시도되는 일엔 관여하기를 꺼리고, 낯선 것은 애써 외면한다. 또한 변화도 적고 성과도 안정적인 부서에 계속 근무하고 싶어한다. 하지만, 이렇게 안정적인 생활만 계속하다 보면, 나중에는 작은 실패도 극복하지 못하는 사람이 되고 만다.

뭔가를 시도한다는 것은, 원하지 않는 결과를 감당할 용기가 필요하다. 뭔가를 만들어 내는 것은 실패한다는 것을, 새로운 누군가를 믿는다는 것은 배신당하는 것을 감당할 용기가 있어야 한다. 그렇기에 새로운 시도는 항상 어렵고 망설여진다.

배신, 실패, 실망, 거부 등과 마주하기 싫어서 아무것도 하지 않으면 한동안은 편할 것이다. 하지만, 그런 사람은 결코 변할 수 없고, 결국에는 도태될 수밖에 없다.

지금 사회는 변화가 언제 어떻게 생겨나고 퍼졌는지 모를 정도로 빠르게 변하고 있다. 그런 사회에서 변화에 적응하려고 하지도 않고, 행동하지 않고 가만히 있는다면, 사회로부터 혼자만 자가격리를 당하는 것이나 다름없다.

실패는 치열하게 살았다는 증거이다

안정만을 추구하다 보면 발전도 있을 수 없다. 새로운 상황에서 절대절명의 위기를 대면하고, 치열하게 고민하고 극복해 봐야 발전이 있다. 회사생활을 하면서 한 번도 그럴싸한 실패를 한 적이 없다는 것은, 그만큼 새로운 시도를 하지 않았다는 반증일 수 있다.

"Failure is an option here, if things not failing,
You are not innovating enough."
실패는 여러가지 결과 중 하나일 뿐이다. 만약 실패가 없다면
당신은 충분히 혁신적인 시도를 하지 않은 것이다.
– 일론 머스크 Elon Musk

전기자동차 회사 테슬라의 창업자이며, 인류의 화성이주를 목표로 우주 로켓 분야를 개척하고 있는 일론 머스크가 한 말이다. 얼마전에 100명이 탑승할 수 있는 초대형 우주선 스타십이 착륙과정에서 폭발했지만, 그는 "성공적인 비행이었다"는 말을 남겼다. 시험 중 폭발은 했지만 최고 높이까지 상승할 수 있었고, 조금 더 완성에 가까이 간 것이다. 그는 시도 자체를 의미 있게 생각했다.

물론 새로운 것을 시도할 때마다 실패없이 성공적으로 일을 완수한다면 이 이상 좋은 것은 없다. 그러나 실패가 두려워 혁신의 방향을 조정하거나, 소극적인 시도에 그쳐서는 큰 일을 달성하기 힘들 것이다.

개인적으로, 삶에 있어서 한 가지 원칙이 있다. 두 가지 중 하나를 골라야 하는 선택의 순간이 오고, 어느 것을 골라도 장점과 단점이 있어 쉽게 결론을 내리지 못하는 경우에는, 보다 변화가 크게 일어나는 것을 고른다는 것이다.

어차피 미래는 알 수 없다. 그렇다면, 갈림길에서는 멀리 지금과 다른 풍경이 보이는 길로 가는 것이 인생을 변화시킬 수 있는 가능성이 더 높은 게 아닐까? 그리고, 지금까지 보지 못한 풍경이 어떤 것인지 확인해 보고 싶지 않은가? 이런 선택과 검증이 쌓일수록 보다 좋은 선택을 할 수 있는 능력이 생긴다.

> 인생은 B *Birth*와 D *Death* 사이의 C *Choice*이다.
>
> – 샤르트르 프랑스의 소설가, 철학자

사람은 자기가 선택하지 않은 것에 대한 미련은 쉽게 잊히지 않는다. 자기가 해서 실패한 일에 대한 후회는 시간이 지나면 사라지지만, 하지 못한 일에 대한 후회는 항상 가슴에 남아 자기자신을 괴롭힌다. 그 때 그렇게 했으면, 지금 난 어떻게 변해 있을까? 하고 말이다.

꼰대적 한마디 10
타이밍은 실패 회피의 핑계일 뿐이다

안정만을 추구하는 사람들이 핑계로 많이 사용하는 것 중 하나가 때가 안되었다, 타이밍이 좋지 않다는 것이다. 해외근무는 해보고 싶지만 애가 초등학교에 들어가면 가겠다는 사람, 과장이 되면 대학원을 다녀보겠다는 사람, 마음에 안 드는 부서장이 바뀌면 그 부서에서 일하겠다는 사람 등 각자가 생각하는 때를 기다린다. 건너야 하는 교차로의 신호를 바라보며, 초록색으로 변하기만을 기다리는 것이다.

하지만, 내가 용산으로 출근하는 대통령이 아닌 이상, 가는 길의 모든 신호등이 한꺼번에 초록색이 되는 경우는 없다.

때를 기다리는 사람들은 부족한 것이 매워지는 타이밍이 있다고 믿는다. 계획을 보완해 줄 수 있는 좋은 아이디어가 떠오르거나, 상황이 유리하게 변하거나, 리스크가 줄어들거나 하는 순간들을 기다린다. 또는 유능한 파트너가 나타나거나, 나를 전폭적으로 지지하는 누군가가 나타나기를 기다리기도 한다.

하지만, 그런 완벽한 타이밍은 기다려도 오지 않는 경우가 많다. 특히 수백, 수천명이 영향을 주고받는 회사라는 조직에서는 어떻게 노력해도 원하는 완벽한 타이밍을 만들기는 힘들다. 그리고 완벽한 타이밍이 왔다고 해도, 과연 이 시점이 완벽한지 100% 확신할 수 있는 사람이 있을까? 이것은 주식이 하한가를 찍었다고 단언하는 것만큼 어렵다. 완벽한 타이밍을 만나기보다, 완벽하지 않은 타이밍에 행동을 개시하여 완벽해지도록 노력하는 것이 더 쉬울 것이다.

> "결정의 순간이 왔을 때, 최선은 옳은 일을 하는 것이다.
> 차선은 틀린 일을 하는 것이다.
> 최악은 아무것도 하지 않은 것이다"
> – 시어도어 루즈벨트 미국 26대 대통령

실패하는 것은 부끄러운 일이 아니다. 도전하지 않을 핑계만 찾는 비겁함이 더 큰 치욕이다. 불확실함 속에서도 철저하게 준비하고, 자신을 믿고 일단은 저질러 보자.

기회와 로또는 다르다

세상에는 기회만 오면 성공할 수 있는데, 기회가 아직 오지 않아서 성공하지 못했다고 생각하는 사람들이 많다. 회사에서도 좋은 보직을 못 만났다든가 좋은 프로젝트를 배정받지 못했다고 한탄하는 사람도 있다. 하지만, 기회라는 것은 그렇게 요란한 모습으로 눈 앞에 나타나는 것이 아니라고 생각한다. 별로 주목받지 못하는 작은 프로젝트라도 뛰어난 결과를 남기면 다음엔 더 크고 주목받는 프로젝트가 나에게 돌아오는 것이다.

아무리 좋은 기회가 주어져도 준비가 부족하여 좋은 성과를 내지 못한다면, 그것은 기회가 아니라 '독배'일 뿐이다. 아무 준비 없이도 당첨 될 수 있고, 당첨되지 않으면 휴지통에 버리면 그만인 로또와는 다르다. 역량이 부족한데도 욕심 때문에 기회를 잡아 버리면, 주어진 기회를 살리지도 못할 뿐만 아니라, 나를 믿고 기회를 준 사람에게 폐를 끼친다. 이렇게 되면 다음 기회가 찾아오기도 힘들어진다.

"Luck is what happens when preparation meets opportunity"
"행운은 기회와 준비가 만났을 때를 말한다"
– *세네카* 고대 로마제국 정치인, 사상가

준비된 상태에서 내게 온 기회는 성공을 위한 발판이 될 수 있지만, 준비 안 된 상태에서 나에게 온 기회는 유혹일 뿐이다. 유혹이란, '꾀어서 정신을 혼미하게 하거나, 좋지 아니한 길로 이끄는 것'표준국어대사전이다. 준비 안 된 기회는 나를 좋지 않은 길로 이끈다. 역량이 있는데도 지나쳐버린 기회가 있다면, 그 기회는 언젠가는 다시 올 것이다.

사람들은 기회나 노력과 상관없이, 기적적으로 일이 좋은 방향으로 진행될 수도 있다는 근거 없는 희망에 의지할 때가 있다. 하지만, 기적도 역시 준비가 있어야 일어난다.

할 수 있는 모든 것을 하고, 더이상 사람의 힘으로는 어떻게 더 해 볼 수 있는 것이 없을 때 찾아오는 것이 기적이다. 실패할 수도 있다는 불안감을 이겨내는 강인함을 가지고 끝까지 포기하지 않는 사람, 그 중에서도 선택된 사람에게만 모습을 보인다. 자포자기한 사람, 해야 할 일은 하지 않으면서 요행을 바라는 사람은 결코 기적을 만날 수 없다.

기적은 상식으로는 설명할 수 없는 사건을 말한다. 그렇기에 인간이 상식적으로 생각해 낼 수 있는 해야 할 일이 남아있으면, 기적은 일어나지 않는다.

1루에서 발을 떼어야 2루로 갈 수 있다

어떤 사람은 기술적인 전문지식이 필요한 생산부서에서 긴 시간을 보내고, 어떤 사람은 재무, 인사, 총무 등 관리부서만 전전한 사람도 있을 것이다. 영업에 특화된 사람도 있고, 연구에 특화된 인재도 있다. 경력 초반엔 한 분야에 특화되어 경력을 쌓는 것이 경쟁력면에서 유리할 수 있다. 만약, 어떤 사람이 영업에 있어서는 따라올 수 있는 사람이 없다고 평가받으면 나름 회사에서 승승장구할 것이다.

하지만, 직급이 올라갈수록 업무 범위는 넓어진다. 새롭게 추가된 업무 중에는 한 번도 관여해 본 적이 없는 업무가 추가될 수 있다. 회사마다 요구하는 인재상도 다르고, 회사에 따라서는 한 길을 가는 것이 유리한 곳도 있지만, 어떤 회사에 다니더라도 경력은 스스로 디자인해야 한다.

회사에서 경험해 본 업무나 부서 등을 통틀어 경력 경로Career Path 라고 부르기도 한다.

편안한 자리의 불편한 진실

젊은 시절, 일본에서 긴 시간을 근무했었다. 그 당시에는 우리회사

해외 매출 중 많은 부분이 일본에서 발생했고, 그 업무의 중심에 있던 나는 인정받는 인재였다. 승진도 동기중에서 가장 빨랐고, 한 번 받기도 힘들다는 모범 사원 표창은 두 번이나 받았으며, 일본에 관한 일은 모두가 나를 찾아왔다. 우리 회사 직원뿐만 아니라 경쟁사, 정부 기관, 각종 협회, 언론사 등에서도 나에게 자문을 구했었다. 파견 기간이 끝날 때마다 담당 임원은 나의 파견기간을 연장했고, 나도 별다른 고민없이 그것을 받아들였다.

그 당시엔 신나서 일에 몰두했고, 현지법인을 세우고 50명의 직원이 상주하는 규모로 성장시키는 것이 꿈이었다. 하지만, 사업환경이 변하고 회사는 해외사업의 중심을 다른 지역으로 이동시켰다. 얼마 뒤에는 일본에서 더 이상 신규 사업을 추진하지 않는 것으로 경영방침이 정해졌고, 이에 따라 나도 본사로 복귀하게 되었다.

한국에 복귀하고 나서는 어려움이 많았다. 직급은 높지만, 일본 이외의 사업에 대한 경험은 부족하니 중요한 프로젝트에 관여시키기에는 부담이 되는 상황이 된 것이다. 애매한 상황에서 나름대로의 입지를 다지고, 나에 대한 편견을 불식시키기 위해서 많은 노력과 시간이 필요했다.

지금 생각하면 경력 경로에 대한 깊은 고민이 없이, 안락한 자리에서 너무 오랜 시간을 보냈다고 후회되는 부분이 크다.

회사에 따라서는 개개인의 경력을 이상적으로 유지시키기 위해 순환보직 제도도 운영하지만, 조직의 필요에 따라 이런 제도가 제대로 운영되지 않는 경우가 많다. 부서장들도 좋은 실적을 내고 있는 팀원을 곁에 두는 것이 편하고 안심이 되기 때문에, 나서서 여러가지 경력을 쌓도록 독려하진 않는다. 따라서 각자가 지금의 자리에 대해 냉철한 시각에서 분석해 보고, 자신이 추구하는 목표에 맞는 적합한 경력을 디자인^{Career Design}해야 하는 것이다.

변해야 되기 전에 변해라

경력을 만들어간다고 하지만, 쉬운 것은 아니다. 새로운 부서에서 지금 이상의 성공을 거둘 수 있을지 불안한 것이 당연하다. 또한 가고 싶다고 마음대로 자리를 이동할 수 있는 것도 아니다.

> *"현재에 머물러 있으면 새로운 것을 이룰 수 없다.*
> *내 성공의 비결은 지난 성공을 빨리 잊는 것이다."*
> *– 이나모리 가즈오* 일본 쿄세라 창업자

일본의 대표적 우량기업인 쿄세라의 창업자 이나모리 가즈오의 말이다. 아메바 경영 등 독창적인 경영철학으로 MBA 등에서도 많이 언급되는 경영자이다. 이 말은 회사를 성장시킨 기존 사업에만 집중하다 보면 새로운 성장동력을 확보하지 못하고 쇠퇴할 수밖에 없기에, 새로운 사업을 개척하여 지속적으로 기업을 성장시켜야 한다는 취지로 한 말이다.

MBA 케이스 스터디에서 자주 언급되던 코닥과 후지필름의 사례가 그의 말에 무게를 실어준다.

두 회사 모두 사진 필름 분야에 특화하여 업계를 선도하던 기업이었지만, 디지털 카메라와 휴대폰 카메라 기능의 발달로 필름의 수요가 지속적으로 감소했을 때 두 회사의 행보는 달랐다. 코닥은 기존의 성장 동력이었던 필름 사업에만 더욱 몰두했다. 필름을 스스로 인화할 수 있는 소형 프린터를 출시하는 등 필름에 연관된 사업을 계속 추진했다. 반면, 후지필름은 필름 제조를 통해 축적한 균일한 평면을 만들어내는 화학적 제어 기술을 활용하여, LCD 판넬의 시야각 확대용 필름 제조분야에 진출했다. 또한, 필름의 주 원료인 콜라겐을 사용하여 화장품을 개발하였으며, 사진 변색을 막는 아스타잔틴 성분을 활용하여 피부 노화 방지 화장품을 개발하는 등 필름과 직접 관련이 없는 다양한 신사업을 개척했다.

코닥은 재정난이 지속되었고, 결국 2012년에 파산보호신청을 하는 상황까지 몰리게 된다. 반면, 후지필름은 LCD판넬의 시야각 확대 필름 분야에서 세계 시장 점유율 1위를 차지하고, 화장품 사업이나 의료기기 사업 같은 신사업이 호조를 보이고 있어, 많은 MBA에서 성공적인 사례로 자주 언급되고 있다. 후지필름의 홈페이지에 게시된 자료에 의하면, 필름, 카메라, 렌즈 등 창업때부터 해 오던 사업의 비중은 전체 매출의 15% 정도밖에 되지 않는다.

기업과 마찬가지로, 개인도 과거 자신의 성공을 있게 한 경쟁력에만 집중하다 보면, 회사가 요구하는 인재상이 변했을 때 한순간에 경쟁력을 잃을 수도 있다. 한 분야에서 최고 수준의 경험과 역량을 확보했다고 판단되면, 그 때가 새로운 것에 관심을 가지고 예전과 다른 시도를 할 가장 좋은 시기인 것이다.

도태되지 않기 위해서는 반드시 그래야 한다. 도태가 시작하고 나서 변화를 시도하면 이미 늦다. 그 때는 변할 수 있는 여지도 작고, 변화를 완성할 시간도 부족하다. 항상 일이 잘 풀리고 있을 때 다음을 계획하고 변화를 준비해야 한다.

"Change before you have to"
변화가 필요해지기 전에 변해라
- 잭 웰치 전 GE 회장

개구리 한 마리를 끓는 물에 넣으면, 개구리는 넣자 마자 곧바로 튀어나온다. 하지만 그 개구리를 찬물에 넣고 서서히 가열하면 개구리는 뛰어오를 생각을 안 한다. 나중에는 저도 모르는 사이에 서서히 죽게 된다. 개구리의 법칙이라 불리는 이야기로 많이 들어보았을 것이다.

지금의 위치에서 특별하게 불편함이나 변화의 필요성을 느끼지 못할 수도 있다. 하지만, 서서히 물이 뜨거워지고 있는 것은 아닌지 한 번 뒤돌아봐야 한다.

꼰대적 한마디 11
나를 지키는 방법

경력을 만드는 것도 중요하지만, 애써 올라간 자리를 지키는 것도 중요하다. 뉴스를 보면, 갑질로 인하여 사회에서 매장당하는 유명 경영인이나, 성희롱에 연루되어 직장생활을 마감하는 회사원에 대한 사건을 많이 볼 수 있다. 작은 사건이나 언동으로 인하여, 회사에서 쌓아온 개인의 브랜드와 경력을 한순간에 날려보내는 사람도 많다.

이런 극단적인 사건에 연루되지 않더라도, 일상에서 부조리한 것에 눈을 감고, 자신의 안락함을 위해 남에게 해를 끼치거나, 합리적이지 않은 판단을 내리는 경우도 있다. 부서 이기주의 때문에 회사 전체로서 필요한 개선 사항을 외면하거나, 승진을 위해 자신의 신념과는 다르게 행동하는 등 눈에 보이지 않게 올바르지 않은 일들을 하는 경우도 많다. 또한 회사 생활을 오래 하다 보면 이런 것들을 직장생활을 잘 해쳐 나가기 위한 노하우로 착각하게 되고, 올바르지 않고 상식적이지 않다는 인식 자체를 점점 하지 못하게 된다.

'라이언 일병 구하기'는 가장 좋아하는 영화, 많은 것을 생각하게 만들었던 영화 중 하나이다. 이 영화를 본 2차 세계대전 참전 용사가 **"그 때와 달랐던 건 냄새뿐이었다."**고 말할 정도로 사실적인 전투 묘사가 압권이다.

2차 세계 대전 중, 미군은 4명의 형제 중 3명이 비슷한 시기에 전사한 사실을 우연히 발견하고, 살아 있는 1명을 구출하여 부모 곁으로 돌려보내기로 결정한다. 이 임무를 맡게 된 밀러 대위는 8명의 병사와 함께 라이언 일병을 찾기 위해 적진 속으로 들어간다.

임무 도중 웨이드라는 동료를 잃은 부대원들은 생포한 독일군을 죽이려고 하나, 주인공인 밀러 대위는 그를 살려 보낸다. 이 결정에 수긍하지 못한 레이번이 무단으로 부대를 떠나려고 하고, 이를 제지하던 호바스 중사는 격분하여 권총으로 레이번의 얼굴을 겨눈다. 말다툼이 격해져 호바스 중사도 이성을 잃고 방아쇠를 당기기 일보직전의 상황이 된다. 이 순간 밀러 대위가 조용히 말을 시작한다.

"내 과거에 걸린 상금이 얼마야? 300달러? 그래?
나는 고등학교 선생이었어. 지난 11년간 펜실바니아의 애들리라는 조그만 마을의 토마스 엘바 에디슨 고등학교에 있었어. 봄에는 야구부 코치를 맡기도 했고, 그곳에서 사람들에게 내 직업을 말하면 그들은 잘 어울린다고 이야기했었지.
근데 이곳에서는 그게 엄청난 미스터리가 되더라고. 아무래도 내가 변하긴 한 모양이야. 가끔은 내가 너무 변해버린 탓에 집에 돌아가면 아내가 날 못 알아볼까 걱정도 돼. 아내한테 어떻게 오늘 같은 일을 털어놓을 수 있을지도 모르겠고.
라이언… 난 라이언이 누구인지 모르고 관심도 없어. 나한텐 아무 의미 없는 사람이야. 그냥 이름일 뿐이지. 하지만, 라멜에 가서 그를 찾아 집에 돌려보내서 내게도 아내에게 돌아갈 자격이 생긴다면…

그게 내 임무야.

여길 떠나서 전장으로 돌아가고 싶다고? 좋아. 말리지 않겠다. 전출
명령서도 써주지.

다만, 난 사람을 죽이는 매 순간마다 점점 고향에서 멀어져가는 걸
느껴."

부대원들 사이에서는 냉철한 전투기계 같은 밀러대위의 전쟁 전
직업이 수수께끼였고, 맞추는 사람이 판돈을 다 가지는 내기를 하고
있었던 것이다. 회사는 전쟁터와 같은 극한의 상황은 아니지만, 일상
에서 작은 부조리나 상식에 어긋나는 일들이 계속되면 점점 감각이
변하고 올바른 길에서 멀어진다.

일본의 5대 건설사 중 하나인 시미즈건설의 명함 뒤에는 다음과
같이 적혀 있다.

"子どもたちに誇れる仕事を"
아이들에게 자랑할 수 있는 일을

매출 18조원, 1803년에 창립하여 200년 이상의 역사를 가진 회사
가 가장 강조하고 싶은 것이 이 말이다. 철근을 도면보다 부족하게 시
공하면서, 이 건물은 아빠가 지은 거라고 아이들에게 자랑하기는 힘
들다. 돈을 위해 안전관리를 등한시하여 사고를 낸다면, 자식에게 떳
떳할 수 없을 것이다.

올바르지 않은 행동이 쌓이면 점점 본연의 모습에서 멀어지고, 올바름의 판단 기준이 모호해진다. 예외가 지속되면 그것이 표준이 된다. 스포츠에서 계속되는 이변은 실력이 달라진 것이며, 자꾸 욱하게 되는 사람은 본성이 변한 것이다. 한 번 원칙을 깨고, 한 번 예외를 인정하면, 그 한 번으로 이미 사람은 변하기 시작한다. 한 번을 버티고 예외를 허용하지 않도록 하는 것이 정말 어려운 것이다.

회사에 있으면 타의로 인하여 올바르지 않은 일을 하게 되는 경우도 있다. 경우에 따라서는 상사가 그런 일을 종용할지도 모른다. 하지만, 이러한 상황이 닥치면 단호하게 거부해야 한다. 상사는 결코 당신을 책임져 주지 않는다. 그럴 마음이 있다고 해도 물리적으로 책임져줄 수 없다. 상사도 당신과 같은 힘없는 월급쟁이일 뿐이다. 치외법권이 인정되는 외교관도 아닌데, 무슨 수로 책임져 줄 수 있겠는가?

사람에 대한 신뢰를 쌓기는 어려우나, 쌓은 것을 잃는 것은 한 순간이다. 그렇게 무너진 신뢰는 복구되기 힘들다. 사람의 신뢰는 종이와 같아서 조금만 소홀하게 다루어도 금방 구겨지고, 그 자국은 눈에 잘 띈다.

"승리는 용기만 있는 자에게도 가끔 주어지지만,
승리를 쟁취하고 그것을 유지하는 일은 절제와 인내,
그리고 엄청난 주의를 실천하지 않으면 불가능하다"
- 크세노폰 고대 그리스 사상가. 소크라테스의 제자

이루어 놓은 것을 유지하는 것은 이룰 때 이상의 노력이 필요하다. 세계사를 보아도 넓은 영토를 정복하는 것에는 유일무이한 능력을 발휘한 황제는 많았으나, 그 제국과 황제라는 자리를 오래동안 유지한 자는 많지 않다. 로마의 카이사르도 지금의 스페인부터 흑해에 이르는 넓은 영토를 차지했으나, 결국 측근에게 암살당했다. 카이사르는 무엇인가를 이루어 내는 탁월한 능력을 가졌으나, 그 뒤를 이은 아우구스투스 황제처럼 이루어 놓은 것의 문제점을 파악하고, 현재의 성공을 유지하기 위한 시스템을 정비하는 능력은 부족했던 것이다. 징기스칸도 유럽 전체를 공포에 떨게 만들었으나, 그 제국은 오래가지 못했다. 이렇듯 성공하고 있을 땐, 그것을 지키기 위한 노력을 기울여야 한다.

개인도 마찬가지이다. 승진을 하고 높은 자리에 갈수록, 자신을 뒤돌아보고 자리를 확고한 것으로 하기 위해 무엇이 필요한 지 살펴보아야 한다. 또한, 실수를 저지르지 않기 위해 세심한 주의를 기울이고 주위를 살펴야 한다. 성공은 그것을 움켜쥐려고 요란하게 발버둥치는 사람보다는, 무리수를 두지 않고 조용히 견디는 사람에게 흘러가는 경우가 많다.

무슨 일이든 몰두하는 것은 필요하나, 가끔 주위를 뒤돌아보아야 한다. 목표를 위해 매진하고 있을 땐 놓치는 것이 많다. 자신의 프로젝트를 위해 무리하게 일을 밀고 나가다 보면 주위에서 그 프로젝트를 어떻게 생각하는지, 누가 불만을 가지게 되었는지 보이지 않는다. 현재에 몰두하다 보면 지금 하고 있는 일이 올바른 것인지, 방향은 맞는지 확인하는 것을 잊는다.

요즘엔 '신뢰'가 경영에 있어서 가장 중요한 키워드가 되고 있다. 윤리경영, 컴플라이언스, 상생 등은 모두 회사가 신뢰를 확보하기 위해 사용하는 도구의 이름이다. 이제 기업은 신뢰 하나만으로 10조원을 조달할 수도, 순식간에 도산할 수도 있다. 미국의 엘리자베스 홈즈는 피 한방울로 콜레스테롤 수치부터 암까지 240가지의 검사를 할 수 있는 기계를 발명하겠다고 하여 약 10조원의 투자를 유치했지만, 결국 모든 것이 거짓으로 판명이 나고 화려한 신화를 마감했었다. 31세의 홈즈는 신뢰만으로 담보없이 10조원을 모은 것이다. 신뢰를 잃어 사라진 회사는 너무 많아서 언급하지 않아도 될 것 같다.

회사의 신뢰는 결국 직원 하나하나의 신뢰의 총합이다. 신뢰는 회사의 심장이다. 멈추는 순간 회사의 생명이 다한다.

창의성은 신이 주는 특수능력이 아니다

변화에 적응하고 적극적으로 행동해야 하지만, 과거를 답습만 해서는 얻어지는 것이 없다. 행동은 항상 새로운 것을 생각하고, 만들고, 실행하기 위한 행동이어야 의미가 있다.

예전에는 아는 것이 힘이었다. 사회의 변화가 천천히 진행되었기에 한 가지를 알면 긴 시간 그 지식을 쓸 수 있었다. 하지만 지금은 사회의 변화가 점점 빨라지고, 그에 따라 지식의 유통기한이 점점 짧아진다. 이제는 지식을 쌓기보다 새로운 것을 상상하고 만들어낼 수 있는 능력이 힘이다.

회사에 입사하고 나서 가장 실망한 것은 회사의 '전략'이었다. 내가 읽었던 수많은 경영서적에는 창의성 넘치고, 경쟁사가 상상할 수도 없는 혁신적 전략이 과감한 판단에 의해 일사천리로 실행되는 멋진 이야기가 많았다. 웬만한 소설보다도 재미있다.

하지만 현실의 경영계획서에는 희망사항만 나열되어 있었고, 그 희망사항이 달성되었을 때의 예상 수치가 마치 대단한 목표인 양 적혀 있다. 그리고 그 목표를 달성하기 위한 실천방법에는 'OO관리 철저, OO관리 강화' 등이 적혀 있는 경우가 많다. '관리 철저'와 '관리 강화'는 회사에서 뭔가 더 좋게 개선시켜야 하는데 딱히 그럴싸한 구체적인 전술이 없을 때 자주 쓰는 단어이다. 한마디로 전략 없는 경영전략이 많았다. 현실적으로 회사의 각종 계획서는 쓸 수 있는 내용의 수준과 범위가 한정되어 있기에 화려한 각색을 한 경영서적과 직접 비교하는 것은 무리가 있음을 알지만, 가슴 뛰게 하는 계획이 많지 않은 것은 사실이다.

물론, 여기에는 여러가지 요인이 있다. 회사 규모가 커질수록 검증되지 않아 리스크가 큰 새로운 전략을 시도하기 힘들다. 업종 자체가 창의성이나 혁신적 변화가 요구되거나 기대할 수 있는 업종이 아니다. 관련 법규 상 실행이 힘든 혁신도 있다. 회사의 지배구조 상 급진적인 전략을 진행할 수 없다. 선례가 없다. 혁신이 없어도 지속적으로 성장하고 있다. 등 얼마든지 '요인'이라는 가면을 쓴 '변명'을 할 수 있다. 나도 어쩔 수 없이 이런 식의 경영계획을 만든 적도 있었다.

하지만, 이제는 어느 날 갑자기 우리 회사 주력 상품의 대체재가 나타나 회사의 존재가치가 없어질 수도 있는 시대이다. 아직까지 창의적 시도를 안 해도 된다는 면죄부를 받은 회사는 어디에도 없다.

그렇다면, 우리는 창의성을 발휘할 수 있는 방향으로 적극적으로 행동해야 하는 것이다. 창의성은 유전의 결과가 아니기에, 우리의 의지와 노력으로 내 것으로 만들 수 있다.

창조의 시작은 전제의 부정과 관심이다

창조란, 새로운 발상으로 기존에 없던 것을 만들어 내는 것이고, 창의는 창조를 이루어 내기 위한 새로운 사고나 시도라고 할 수 있다.

세상에 창의적인 발상을 쉽게 이끌어낼 수 있는 방법이 있을까? 창조를 위해서 필요한 것은 무엇인가?

그것을 알기 위해서는 먼저 창조라는 것이 어떤 방식으로 이루어지는지 알아야 한다. 여러 가지 방법이 있겠지만, 제일 기본적인 창조는 우리 주변의 전제를 의심하고 부정하는 것에서부터 시작한다. 소리는 담을 수 없는 것이라는, 그 시대에는 너무나도 당연한 전제를 부정해야 축음기를 창조할 수 있다. 당연시하던 전제를 부정하고 나면, 목표와 현실 사이의 간격을 채우기 위한 새로운 개념을 찾아야 한다.

19세기말 뉴욕은 악취가 큰 문제였다고 한다. 수많은 말이 사람과 물건을 쉴 새 없이 실어 나르다 보니, 배설물이 거리 여기저기에 방치되었다. 문제가 심각해지자 뉴욕 시는 전 세계의 도시계획 전문가를 모아 해결방법을 논의하였으나, 아무런 해결책도 나오지 않았다.

그 당시 사람들은 '말의 배설물을 처리할 방법을 찾아야 한다'는 질문에 답을 제시할 수 없었다. 정말 필요했던 질문은 '배설물을 어떻게 처리할 것인가?'가 아니라 '배설물이 생기지 않게 사람과 물건을 실어 나를 방법은 없을까?'인데, 기존의 전제를 부정하고 새로운 전제를 기반으로 생각을 틀을 전환하는 패러다임 시프트$^{Paradigm\ shift}$를 하지 못한 것이다.

그 당시에 배설물이 나오지 않게 물건과 사람을 실어 나르는 것, 말 이외의 운송수단을 생각하는 것은 SF소설급의 상상력이 필요했을 것이다. 실제로, 구글, 마이크로소프트, 애플 등은 SF 작가를 컨설턴트로서 고용한다고 한다. 실현 가능성에 얽매이지 않은 자유로운 상상으로부터 혁신을 시작하기 위해서이다. 그만큼 기업들도 기존의 당연시되고 있는 전제를 깨기 위해 다양한 방법으로 노력하고 있다.

> "자기가 낸 아이디어가 한 번쯤 사람들을 웃기지 않았다면
> 창조적인 발상을 하고 있다고 할 수 없다."
> – 빌 게이츠

회사에서 당연한 것으로 생각하고 있는 전략, 업무절차, 고객, 마케팅 수단, 인력 교육 방법, 인사평가 제도 등 모든 것을 의심하고 다른 각도에서 딴지를 걸어봐야 한다.

전제를 부정한다는 것은 자기 주변 세상에 대해 관심을 가지고 관찰해야 하니, 다양한 것에 대한 관심에서 창조는 시작한다고 할 수 있다. 관심이 있어야 현황을 파악할 수 있고, 현황을 파악해야 현재와 다른 것을 생각해낼 수 있는 것이다.

관심이라는 것은 단순히 세상에 대한 관찰만을 이야기하지 않는다. 다양한 분야에 대한 관심도 필요하다. 내가 몸담고 있는 회사의 가장 중요한 자산은 기술력이지만, 예술에 대한 관심이 새로운 것을 만들 때 많은 시사점을 주기도 한다. 또한 예술에 대한 말들이 회사 생활에도 많은 인사이트를 제공해 줄 수 있다.

예술과 비즈니스의 공통분모

보편 타당한 원칙은 분야에 상관없이 높은 가치를 가진다. 예술가의 말은 경영자에게 훌륭한 인사이트를 제공할 수 있고, 경영자의 사회분석이 예술가의 시야를 넓혀줄 수도 있다.

예술은 현실 세계의 일부를 예술가의 관점에서 도려내어 표현하는 것이고, 도려낸다는 것은 무엇을 보여주지 않을지 선택하는 것이다. 사진은 단지 현실세계의 일부를 도려내는 것이지만 예술로 인정받는다. 물론, 렌즈를 고르고 초점거리와 노출을 결정할 때도, 현상과 인화에도 사진가의 예술적 선택이 반영되고, 최종적으로 어떤 매체를 통해 그 사진을 보여줄지도 예술적 선택이지만, 극단적으로 말하면 사진가가 하는 것은 셔터를 누르는 것밖에 없다. 무한한 세상의 일부분을 어떻게 도려내어 의미를 부여하는지가 사진예술의 핵심이다.

경영도 회사가 세상에 영향을 미칠 수 있는 범위를 고르고, 그 범위를 변화시키기 위해 무엇을 하고, 무엇을 하지 않을지 선택하는 것은 마찬가지이다.

피카소는 **"창조는 파괴로부터 시작된다."**Every act of creation is first an act of destruction라는 말을 남겼다. 기존의 예술 표현방법, 주제의식을 파괴해야 새로운 그림이 탄생할 수 있다는 뜻일 것이다. 경영에 있어서도 게임 체인저Game Changer는 당연시되고 있는 기존 질서를 파괴함으로써 될 수 있다.

회사 업무에 대한 평가도 디자인에 대한 평가와 동일한 원칙을 적용할 수 있다.

"좋은 디자인에 이유는 없고, 그렇지 않은 디자인에는 핑계가 있다."

일본 디자인 업계의 거장인 아키타 미치오씨의 말이다. 좋은 기획서는 근거도 간결하고 직감적으로 뜻이 전달되지만, 부실한 기획서는 많은 설명이 필요하다. 좋은 사업은 구차한 설명이 필요 없다. 많은 설명이 없어도 고객에게 왜 이것을 선택해야 하는지, 왜 이득인지가 전달된다. 난 구입 시 혜택을 네다섯가지 제시하는 상품은 사지 않는다. 상품만의 매력으로는 고객을 설득할 수 없는 부족한 상품일 가능성이 크기 때문이다.

레오나르도 다빈치의 **"단순함이 궁극의 정교함이다."**Simplicity is the ultimate sophistication란 말도 최상의 결과물은 지극히 단순한 형식, 논리를 가진다는 뜻으로, 아키타씨의 말과도 일맥상통한다.

디자인은 사람들을 매료할 수 있는 모양을 만드는 것이 아니다. 어떤 사물이 어떤 모습으로 존재해야 하는지 수없이 생각하고, 그 모습을 정의하기 위한 수많은 선택을 거쳐서, 사물이 당연히 그래야 하는 형태를 형상화하는 것이다.

"디자인은 형태를 만드는 것이 아니라,
각각의 물건이 여러 번의 선택을 통과한 후에 남은
최종적인 있어야 할 모습을 떠오르게 하는 일이다."
— 후카자와 나오토 일본 산업디자이너

후카자와 씨가 디자인한 유명한 무인양품 MUJI의 벽걸이 CD플레이어가 있다. 벽에 걸어야 하니, 지나가는 사람에게 부딪히지 않도록 세로로 얇게 만들어야 하고, 부딪혀도 아프지 않도록 모퉁이는 둥글둥글하다. 주방이나 욕실 등 오디오가 없는 곳에 설치하게 되는데, 손에 장갑을 끼고 있거나, 손에 음식이 묻어 있거나, 손에 물기가 묻어 있어도 바로 조작할 수 있도록 스위치 대신에 끈을 당겨서 조작하게 했다. 이렇게 '벽걸이 음악재생기구'가 있어야 할 모습을 무수히 겹쳐 보면, 가장 좋은 디자인이 된다는 뜻이다. 결국, 후카자와씨가 디자인한 CD플레이어는 2010년에 일본에서 Good Design Award를 수상했다.

회사의 기획업무도 이러한 디자인의 프로세스와 다르지 않다. 여러 조건들을 거치다 보면 최상의 있어야 할 모습이 자연스럽게 그려진다. 의도적으로 조건을 외면하거나, 이해관계에 따라서 필요 없는 '장식'이 들어가면 계획이 왜곡되고 좋은 기획이 되기 힘들다.

이렇게 예술가들의 말들도 회사원들이 참조할 만한 것들이 많지만, 예술 작품 그 자체도 우리에게 많은 것들을 깨우쳐 준다. 예술작품 자체가 현실을 어떻게 보는지에 대한 예술가들의 답안지이기 때문이다. 기업활동도 현실세계에 대한 분석부터 시작되며, 현실세계의 문제를 어떻게 해결하느냐가 전략인 것이다.

창조의 진짜 어머니는 연결이다

아리스토텔레스는 **'모방은 창조의 어머니'**라는 유명한 말을 남겼다. 아리스토텔레스에게는 미안하지만, 내 생각엔 '연결'이 진짜 어머니인 것 같다. 모방은 계모나 이모 정도 되지 않을까?

창조라고 하지만, 대부분의 창조는 이미 있는 것들을 연결하는 것일 뿐이다. 가장 혁신적인 제품으로 평가받는 스마트폰이, 이미 존재하던 액정화면, 터치스크린, 휴대폰, 컴퓨터, 디지털 카메라를 연결했을 뿐인 것이 대표적인 예이다. 그 전에는 누구도 이런 것들을 하나로 합칠 생각을 못했을 뿐이다. 세상에 있는 두 점 사이를 처음으로 이어주는 것, 그것이 창조로 불린다.

연결의 힘은 생각보다 막강하다. 닷컴 버블로 수많은 기업이 망했을 때 살아남은 기업은 연결을 사업의 원천으로 한 기업이 대부분이다. GAFA로 불리며 지금 시대에 가장 혁신적이며 창의적이라 평가받고 있는 4개 기업이 그렇다. 구글, 애플, 페이스북, 아마존 모두 단순히 제품이나 서비스, 정보를 파는 것이 아니라, 같은 목적을 가진 기업과 같은 욕구를 가진 개인을 연결시키는 가상의 공간이나 기계를 제공하여 수익을 만들어낸다. 연결이 잘 될수록 더 많은 사람과 기업이 모이고, 그럴수록 수익은 커지지만, 플랫폼을 제공하는 회사는 약간의 투자만 늘리면 될 뿐이다.

무엇이라도 접점이 없는 두 곳, 두 명, 두 기업을 연결하는 것이 창조적 사업이 될 수 있는 시대인 것이다.

창조는 연결이다. 그렇기에 창조는 누구나 할 수 있는 것이다. 하지만, 연결을 잘 하기 위해서는 먼저 연결해 줄 수 있는 다양한 소재를 찾아야 한다. 소재를 찾기 위해서는 주변의 모든 것에 관심을 가지는 것이 좋다. 전혀 연관이 없어 보이는 것도, 때론 훌륭하게 연결될 수 있다.

그리고 이런 연결 방법은 우리의 사고에도 활용할 수 있다. 특정 분야에서 얻은 인사이트를 다른 것에 대해 고민할 때 활용하는 것이다.

바둑은 나의 취미 중 하나이다. 바둑판은 가로 19칸 세로 19칸이다. 361칸 어디든 자유롭게 둘 수 있어 자유도가 매우 높다. 그러다 보니 두는 사람의 한 수 한 수로 그 사람의 성격을 알 수 있어 재미있다. 상대가 자기 땅에 쳐들어와도 무시하고 대담하게 상대 땅을 역공하는 사람, 최소한의 방어태세는 갖추었는데도 불안한 마음에 수비를 위해 한 수를 더 쓰는 사람, 영토를 넓힐 욕심이 과해서 허점을 남기면서도 여기저기 성급하게 땅을 넓히려는 사람 등 다양한 성격이 돌에 새겨진다.

바둑은 짧게는 30분, 프로기사의 시합인 경우에는 길게는 4시간 이상 뇌를 최고조로 가동시켜야 하는 힘든 경기이다. 그러다 보니 집중력이 떨어지고 힘든 상황에서도 흔들림없이 시합을 끌고 갈 수 있도록 원칙을 제시하는 격언이 많다. 그 중에서 중국 당나라 때의 시인이자 현종의 바둑 상대였던 왕적신이 만든 '바둑 십계' 같은 말은 회사의 경영과도 많은 부분에서 연결될 수 있다. 바둑십계란 바둑을 두는 사람들의 10가지 마음가짐이란 뜻인데, 몇 가지만 소개하겠다.

부득탐승 不得貪勝 : 승부에 집착하지 말라

결과나 성과에 집착하여 올바른 길을 벗어나는 경우가 있다. 장기적으로는 A가 회사에 도움이 되지만, 단기적으로 실적을 올리기 위해 B를 선택하는 사례가 부지기수다. 입찰에서 승리하기 위해 무리한 조건으로 입찰했다가, 수주 후 막대한 손해를 보는 사례도 있다. 단기적인 성과에만 집착하면 올바른 판단을 내리지 못하게 된다.

공피고아 攻彼顧我 : 상대방을 공격하고자 할 때에는 나를 먼저 돌아보라

영업에 있어서도 무조건 상대를 이기려고 무리한 시도를 해서는 승산이 적다. 우리 회사가 잘하는 것, 경쟁 우위를 가진 것들을 충분히 분석하여, 그것을 바탕으로 상대와 경쟁할 수 있는 방법을 찾아야 한다. 또한, 상대로부터 공격받을 수 있는 약점이 있다면, 먼저 보강을 하고 경쟁을 시작해야 한다.

기자쟁선 棄子爭先: 몇 점을 희생시키더라도 선수를 잡아라

선수라는 것은, 내가 둔 한 수에 대응하여 상대가 반드시 한 수를 두어야 되는 수이다. 상대가 나의 한 수를 무시하고 다른 곳에 두면, 승부가 기울 수 있기 때문이다. 선수를 잡는다는 것은 바둑판을 내가 주도하고, 원하는 방식으로 승부를 진행해 나간다는 뜻이다. 회사에서도 작은 것은 상대에게 양보하더라도 그것에 대한 보상으로 일을 주도할 수 있는 헤게모니를 확보해야 한다. 남이 헤게모니를 쥐고 있을 경우, 일도 기획한 대로 진행할 수가 없고, 성과도 타인, 타 부서, 경쟁사에게 빼앗길 수 있다.

사소취대 捨小取大 : 작은 것은 버리고 큰 것을 취하라

때로는 큰 전략을 실현시키기 위해서는 작은 손실을 감내해야 할 경우도 있다. 일시적인 수지 악화도 있고, 일시적인 점유율 하락도 있을 수 있다. 하지만, 그것이 큰 계획의 일부라면 과정으로서 받아들여야 한다.

용인에 모 유통사에서 쇼핑몰을 지었다. 입지는 좋지만, 부지 면적이 좁았다. 몰의 경우, 점포별로 객 단가는 큰 차이가 없다. 매출을 늘리기 위해서는 보다 많은 매장을 만드는 것이 유리하기에 사업에는 불리한 부지였다. 고민 끝에 이 쇼핑몰은 1층에 100평이 넘는 규모의 무료 키즈 파크를 만들었다. 이 지역은 전업주부 비율이 높은 지역이기에, 주부가 아이들을 데리고 편안하게 쇼핑을 할 수 있게 한다면, 고객의 방문횟수를 늘려 매출을 늘릴 수 있다는 계산이었고, 예상대로의 효과가 있었다고 한다. 100여평의 매장에서 만들어 낼 수 있는 작은 이득을 과감하게 포기하고, 큰 이익으로 연결시킨 좋은 사례이다.

봉위수기 逢危須棄 : 위기에 처할 경우 버려라

바둑을 두다 보면 꾀 큰 말(하나의 덩어리로 연결되어 있는 바둑 알 무리)이 죽을 위험에 처하는 경우가 있다. 어떻게 해서든 이 말을 살리기 위해 더 많은 알을 두다가는 전체 판을 망친다. 회사에서도 공들여 추진한 신제품이, 성과도 저조하고 반전을 꾀할 만한 방안도 없는 상태가 될 때가 있다. 하지만 지금까지 들인 노력과 투자한 자원이 아쉬워 쉽게 포기하지 못한다. 소위 말하는 매몰비용을 포기 못하여, 올바른 경영판단을 내리지 못하는 경우이다.

동수상응 動須相應 : 행마를 할 때는 이쪽저쪽 서로 연관되게 하라

행마란, 바둑에서 알을 배치하는 순서를 말한다. 어떤 한 말에 대한 작전에만 집중하다 보면 다른 말들이 위기에 처하는 경우가 있다. 회사에서도 모든 전략은 여러 방향으로 영향을 주고 받는다. 시스템을 구축하는 것이 회사의 능률을 향상시킨다고 생각할 수 있으나, 지나친 시스템화는 창의적 업무 추진을 방해하고, 유연한 대응을 하지 못하게 할 수도 있다. 어떤 시스템을 구축한다는 것은 조직문화에도 영향을 줄 수 있기에 신중하게 다양한 관점에서 검토해야 한다.

지금은 VUCA의 시대라고 한다. 많이 들어보았겠지만, Volatile변동성, Uncertainty불확실성, Complexity복잡성, Ambiguity모호성의 4개 단어의 첫 글자를 조합한 것이다. 이런 시대엔 문제에 대한 해결책을 찾는 것도 쉽지 않다. 워낙 광범위하게 복합적으로 영향을 주고받기에,

인과 관계 파악도 어렵고, 해결책이 제대로 된 것인지 검증하기도 쉽지 않다. 이런 시대이기에 더욱 창의성을 배양하고, 일상적으로 창의적 시도를 하도록 노력해야 한다. 그래야 VUCA 속에서 한 가닥 실마리를 찾을 수 있다.

창조는 질보다 양이 더 중요하다. 미술에 혁신적인 기법을 적용하여 미술의 한 흐름을 만들어낸 피카소는 10,000점 이상의 그림을 그렸다고 한다. 그러나, 그 중에서 미술계에서 가치를 높게 인정하는 작품은 100점이 안 된다. 피카소 같은 천재도 수많은 시도를 거쳐, 창조적 작품을 남겼는데, 우리 같은 보통 사람은 더더욱 많은 시도와 고민을 해야 그나마 창조적인 생각이 나올 수 있을 것이다.

절박함과 실행력

다양한 것에 대한 관심 외에 창의적 사고를 가능하게 하는 것에 무엇이 있을까? 절박함이라고 생각한다. 사면초가 상황이고, 지금까지의 방법으로는 상황이 좋아지지 않을 것이 분명하다. 이 문제를 가지고 끝도 없이 고민한다. 점점 해결하지 않으면 큰 문제가 생기는 시간이 다가온다. 이럴 때 의외의 좋은 아이디어가 떠오르는 것이다.

1차 세계대전 때의 전쟁은 두 나라가 전선에 참호를 파고, 한 쪽이 적국의 참호를 향해 일제히 돌진하는 것이 일반적인 양상이었다. 좁은 참호에 수천명이 먹고, 자고, 싸고, 치료하다 보니 질병으로 사망

하는 사람도 끝이 없었다. 한 번 돌격할 때마다 수백, 수천명이 쓰러졌고, 결국 2500만명이 사망했다. 참호에 숨어 있어도, 돌격해도 죽기는 마찬가지인 싸움. 각 국은 지긋지긋한 참호전을 끝내야 하는 절박함이 있었고, 이 절박함은 탱크의 발명으로 이어졌다.

회사에서도 그냥 아이디어를 모집하기 보다, 시간과 공간의 제약을 설정하고, 결과물에 대해 평가를 하면, 의외로 기발한 아이디어가 많이 나온다. 구글에서는 스프린트Sprint라고 하는 독특한 업무 프로세스가 있다. 보통 3개월에서 1년 정도 걸리는 제품 개발과 고객 검증 프로세스를 단 5일 동안에 완수하는 것인데, 이 프로세스를 통해 지메일과 크롬 브라우저 등이 탄생했다고 한다. 물론, 스프린트만의 독특한 진행 규칙과 의견수렴 기법이 있기에 시간의 제약만이 중요한 것은 아니지만, 과감하게 시간적 제약을 둠으로써 절박함을 느끼게 하고, 이를 통해 집중력을 향상시킨 것은 분명하다.

회사 일도 절박함이 있으면 좋은 결과로 이어지는 경우가 많다. 퇴근과 함께 모든 것을 잊고, 다음날 아침에 다시 고민을 생각하는 것보다, 그 고민을 안고 지내다 보면 좋은 생각과 연결될 가능성이 많다. 자나 깨나 그 생각을 하는 것이다. 그래서 영어로 시간을 두고 고민하다는 'Sleep on it'이다.

뉴턴은 한가하게 놀다가 우연히 떨어지는 사과를 보고 만유인력을 생각해 낸 것이 아니다. 일할 때도 쉴 때도, 산책할 때도 그 문제에 대해 고민하다가 우연히 나무에서 떨어지는 사과를 보고, 자신이 고민하던 것이 순간적으로 정리되었을 뿐이다. 어떤 문제에 대해 고민하다 보면, 책을 읽다가, 영화를 보다가, 친구들과 이야기하다가, 길을 지나가다가 어떤 풍경을 보고, 고민에 대한 해결의 힌트를 발견하게 되는 것이다.

새로운 것을 시도하고, 기발한 아이디어를 만들어 내는 것은 중요하다. 어떤 황당한 아이디어도 일단 세상에 뿌려지면 누군가는 언젠가 그것을 실현시킬 것이다. 자동차도 없던 시절에는 우주 여행이 황당한 아이디어일 뿐이지만 결국 로켓이 발명되고, 지금은 재사용 가능한 로켓이 만들어졌듯이 말이다. 아이디어에 공감하는 사람이 많다면 언젠가는 현실에서 구현해낼 것이다.

하지만, 회사에서는 그렇게 오랜 시간을 기다릴 수가 없다. 성과가 우선 요구되는 회사에서는 채택되지 않는 아이디어는 없는 것과 다름없는 취급을 받는다. 아이디어를 착안하는 것이 중요한 것이 아니라, 실현할 수 있는 현실적인 방안이 뒷받침이 되어야 인정받을 수 있다.

회사가 필요로 하는 것은 아이디어만 남발하는 몽상가가 아니라, 추상적인 것을 현실에서 구현할 줄 아는 설계자이다. 자동차도 없던 시대에 로켓을 개발해야 한다는 사람이 아니라, 마차의 승차감을 향상시킬 수 있는 방법을 생각해 내는 사람이 필요한 것이다. 먼 미래에 실현 가능한 원대한 아이디어보다 당장 실현 가능한 소소한 아이디어가 더 의미가 있을 수 있다. 실현되지 않은 아이디어는 성과가 아니다. 아이디어에 대해 실행을 어떻게 할 수 있는지도 같이 생각하는 습관을 들여야 한다.

회사에서는 창의적 아이디어를 용감하게 실행에 옮기는 사람을 대우해 줘야 한다. 왜냐하면, 그들은 한가해서 쓸데없는 일을 벌인다는 동료들의 차가운 시선을 견디고, 실패하면 어떻게 책임질 거냐는 상사의 서늘한 협박도 견디고, 급진적이라 어떻게 받아들여야 하는지 모르겠다는 고객의 냉대를 견디어도 운 나쁘면 깨져버리는 살얼음판을 걷고 있는 사람이기 때문이다. 회사는 이런 용감한 사람들 덕분에 발전할 수 있기에, 이런 사람들을 따뜻하게 지켜봐 주어야 한다.

하지만, 몽상가를 무시하진 말자. 아이디어를 잘 내는 사람이 실행력까지 좋다는 보장은 없다. 그리고 추상적 계획이나 목표를 현실적으로 잘 구현해 내는 설계자가 아이디어까지 풍부할 수는 없다. 회사는 그래서 많은 사람이 모여서 일하는 것이다.

불확실함을 선택하는 용기

얼마 전부터, '게임 체인저Game Changer'라는 단어가 유행하고 있다. 시장의 흐름을 통째로 바꾸거나, 시장의 판도를 뒤집을 만한 사람, 기업, 상품 등을 나타내는 말이다. 각 기업에서는 게임 체인저가 되어 시장에서의 경쟁 규칙을 변화시킴으로써 업계에서 중요한 위치를 선점해야 한다는 이야기를 많이 한다. 이를 위해 회사명을 바꾸는 기업도 많다. 'OO에너지'를 'OO엔무브'로, 'OO건설'을 'OO플랫폼'으로 바꾸는 식이다. 이는 기존의 회사명에 업종과 서비스를 한정하는 단어가 포함되어 있어서, 새로운 사업영역에 진출하거나, 새로운 방식의 서비스를 제공하는 것에 어울리지 않기 때문이다.

게임 체인저가 되기 위해서는 필연적으로 창의적 사고가 필요하다. 기존의 데이터에 근거한 판단은 기존의 게임 룰에 속박되고, 기존의 틀에서 벗어날 수 없다. 데이터에서 과감히 벗어나, 근거도 없고, 선례도 없고, 시도해 본 적도 없는 것들에 대해 고민해야 게임의 룰이 바뀔 수 있다.

과학이 어떻게 새로운 발견을 할까? 과학자는 미지의 영역에 대해 '가설'을 세우고, 무수한 분석과 연구를 해서 가설이 참임을 증명할 수 있으면, 비로소 가설은 발견이 된다. 과학자들은 어떤 확신도, 안심할 수 있는 데이터도 없이 가설을 선택한다. 어쩌면 그 가설이 잘못된 것이어서, 5년 10년의 연구가 아무 의미 없이 끝날 수도 있다. 그럼에도 과학자들은 이런 불확실하고 리스크가 큰 과정을 통해, 인류의 발전에 기여하고 있는 것이다.

경영도 과학과 다르지 않다. 무조건 성공이 보장되는 전략은 없다. 자신이 가진 추론과 사고능력으로 무엇이 시장에서 통할지 선택하고 결정하는 것이 경영이다. 경영전략은 과학자들의 가설과 같아서, 불확실함이 근본에 깔려 있을 수밖에 없다. 과학에 무조건 참인 가설이 없듯이, 경영에도 무조건 통하는 경영전략은 없다. 과학자들이 나름의 지식으로 개연성 높은 가설을 선택하듯, 회사원은 쌓아온 경험과 지식을 사용해서 가장 그럴듯한 전략을 선택하고 사업을 할 뿐이다.

창의적 업무란, 곧 가설을 세워보고 그것을 검증하고, 최종적으로는 현실화하는 것이다.

모든 리스크가 회피된 완벽한 아이디어란 없다. 많은 아이디어 중 최소의 리스크로 최대의 성과를 낼 수 있는 아이디어를 선택할 뿐이다. 불확실함과 불안 속에서 가장 가능성 있다고 판단한 것을 선택할 수 있는 용기가 곧 창의적 역량이며 실력이다.

수학자는 어려운 난제를 술술 풀 수 있을 정도로 머리가 좋은 사람이 되는 것이 아니라고 한다. 결코 풀리지 않을 것 같은 문제를 붙잡고 지루하고 긴 숫자와의 사투를 즐길 수 있는 사람이 될 수 있는 것이다. 창의적 일도 마찬가지이다. 뛰어난 아이디어가 끊임없이 술술 떠오르는 사람이 창의적인 것이 아니다. 기발한 생각에 도달하는 고난의 과정을 즐길 수 있고, 불확실함 속에서 용기 있게 자신의 생각을 믿고 앞으로 나아갈 수 있는 사람이 창의적인 사람인 것이다.

Respect – 존중하라

회사는 결국 사람 간의 시너지로 결과를 내는 곳이고, 사람이 가장 중요한 자산이다. 좋은 관계가 있어야 그 자산이 의미 있게 활용되고, 많이 활용되어야 빛날 수 있다. 그리고 자신을 빛나게 해 준 모든 관계의 소중함을 알고 존중해야 성공이 유지될 수 있다. 그렇기에 관계를 구축하고, 타인과의 관계를 존중하는 것은 가장 중요한 '친애하고 싶은 동료'의 요건이라고 생각한다.

차이 나는 능력이 있고, 끊임없이 노력하는 성실함이 있고, 변화에 적응하고 주도적으로 행동해도, 일과 관련된 사람들과 좋은 관계가 구축되지 않았다면, 모든 것이 의미 없는 것이 될 수도 있다.

또한, 사람의 본성에 대해 가장 잘 설명해 주는 것은 그 사람의 존중의 방법이다. 누구나 대통령이나 회장을 만난다면 최선을 다해 존중할 것이다. 이런 존중으로 그 사람에 대해 알 수 있는 것은 없다. 하지만, 우연히 들어온 사소한 부탁을 처리하는 방법이나, 청소 아주머니가 쓰레기통을 비우실 때의 반응 같은 사소한 순간이 오히려 그 사람에 대해 잘 설명해 준다. 그렇기에 우리에게는 무엇을 존중하는지, 어떻게 존중하는지가 중요하다.

꼰대는 존중이 없기에 만들어지는 것이다. 반대로 말하면, 존중만 있다면 누구나 꼰대에서 탈출할 수 있다. 이제부터 친애하는 동료가 되기 위해서는, 무엇을 왜 존중해야 하는지 이야기해 보겠다.

사람에 대한 투자는 실패하지 않는다

존중해야 하는 첫 번째 것은 사람이다.

> *"세상에서 성공하려면 딱 두 가지만 알면 돼.*
> *나한테 필요한 사람이 누구인지, 그 사람이 뭘 필요로 하는지."*

조인성이 주연한 영화 '비열한 거리'에서 조인성이 모시는 황회장이 한 말이다. 황회장은 조폭 조직의 일인자이고, 조인성을 자신의 오른팔로 삼으며 이런 말을 해 준다. 언뜻 보면 맞는 말 같고, 실제로 이런 식으로 인맥을 관리하는 사람이 많다. 이런 사람들은 나에게 필요한 사람과 별 영향 없는 사람을 명확히 나누고, 그 사람들을 대할 때 행동에 차이가 크다. 그리고 이런 사람이 승승장구하는 경우가 많은 건 사실이다. 좋게 말하면 선택과 집중을 잘 한 것이다.

하지만, 이것이 정답이라고 생각하지 않는다. 수많은 사람이 부대끼며 영향을 주고받는 회사에서 '나에게 필요한 사람'은 언제든 바뀔 수 있다. 일부 사람에게 초점을 맞추는 것은 특정 고객만을 타겟으로 삼아 영업하는 것처럼 리스크가 큰 것이다.

리스크를 생각하지 않더라도 타인을 평가하고 그에 따라 자신의 행동에 차이를 두는 것은 바람직하지 않다. 더군다나, 요즘은 전방위적 감시와 평가로 순식간에 사람 하나가 죽을 수도 살 수도 있는 세상이다. 회사에서 인정받고 싶으면, 경비실 아저씨부터 사장님까지 똑같이 존중하고 항상 최선을 다해서 대해야 한다.

인슐린 업계 세계 1위인 제약사, 노보 노디스크의 전 CEO 라스 레비엔 소렌슨은 자가용 비행기 사용을 거부한 것으로 유명하다. **'내가 개인 비행기를 타면 내 부하직원에게, 나의 시간은 당신의 시간보다 중요하다는 신호를 주는 것이 되어 버린다'**는 것이다. 이것도 사람을 존중하는 훌륭한 예일 것이다.

인생에서 가장 긴 시간을 보내는 것이 회사이다. 같은 사무실에서 근무하는 사람들과 같이 있는 시간은 아내나 자식과 같이 있는 시간보다 훨씬 길다. 그렇기에 회사 생활에서 사람과의 관계는 직장생활의 질에 가장 큰 영향을 미친다. 좋은 사람을 곁에 두고 가까이하면, 자신의 발전에도 도움이 되고, 회사 생활을 즐겁게 만들 수 있다. 가장 필요하고 효율적인 투자처는 삼성전자나 아마존이 아니라 사람이다.

사람을 챙겨라 아니면 사람이라도 챙겨라

리더가 되면, 성과를 최우선으로 챙기고 관리하는 사람이 많다. 하지만, 성과를 우선시하다 보면 사람이 희생된다. 누군가는 성과 달성을 위해 무리를 해야 하고, 누군가는 요구하는 성과를 달성하지 못하여 좌절한다. 물론 회사에서 팀장과 같은 리더에게 요구하는 첫 번째 것은 성과이다. 하지만, 성과는 결국 사람이 만드는 것이다.

> "사람을 돌봐라. 그러면 그들이 사업을 돌볼 것이다."
> — 존 맥스웰 미국의 유명한 작가이자 연설자

　우선은 사람을 챙겨야 한다. 이 책에서 여러 번 언급했지만, 회사는 결국 사람이 일하고, 사람이 부가가치를 만들어내는 곳이다. 도널드 트럼프 대통령은 "당신의 능력은 당신을 위해서 일하는 직원들이 가진 능력 이상도 이하도 아니다."라고 말했다. 자기가 세상의 중심인 듯, 자기 혼자 모든 것을 이룬 듯이 행동하는 사람조차도 성과를 만들어내는 것은 같이 일하는 사람임을 자각하고 있었다.

　프로젝트를 성공적으로 완수하여 임원이 성과에 대해 칭찬을 했을 때 "감사합니다."로 칭찬을 혼자 먹어버리는 사람이 있다. 하지만, 이럴 때 "강대리가 정말 열심히 해서 좋은 성과가 있었던 것 같습니다."와 같이 부하를 위해 칭찬을 증폭시키는 사람도 있다. 사람을 챙기는 작은 요령 중 하나이다. 받은 꽃다발을 다른 사람에게 안겨줘도, 다른 사람들은 나에게 남아 있는 좋은 향기를 기억할 것이다.

하수는 돈을 남기고, 고수는 사람을 남긴다

　회사 생활을 어렵게 만드는 것도, 쉽게 만드는 것도 사람이다.

'일'은 언제나 지극히 합리적이고 논리적이며, 공정하고 솔직하다. 그는 필요한 것을 주면 성공으로 보답하고, 조건을 충족시키지 못하면 실패했다고 알려준다. 다만, 일의 단순한 완벽함이 사람에 의해 변질될 뿐이다.

타인에 대한 정치적 배려가 일에 녹아들고, 개개인의 욕심이 반영되고, 데이터가 특정인의 의도에 의해 왜곡되면, 나중에는 본질과 다른 일이 되어 버리는 경우도 있다. 그렇기에 사람이 중요하다. 올바른 사람이 올바른 일을 가능하게 하며, 결국 그것이 회사에 가장 이득이 된다.

회사에서 높은 위치에 오를수록 사람의 중요성을 심각하게 생각해야 한다. 인재육성은 관리자의 가장 중요한 임무 중 하나이다.

> "돈을 남기면 하수, 업적을 남기면 중수, 사람을 남기면 고수."
> – 아키모토 히사오 *헤이세이건설 사장*

위 말은 20년동안 계속된 일본의 장기 불황 속에서도 흑자경영을 이어간 헤이세이 건설 사장이 남긴 말이다. 헤이세이 건설은 하도급 구조가 당연한 건설업계에서 모든 기술자를 직접 정사원으로 고용하고, 하도급 없이 공사를 직접 수행하는 것으로 경쟁력을 확보한 특이한 회사다. 한국에서도 많은 기업이 벤치마킹을 했었다. 사람이 회사의 미래를 만든다고 생각했고, 사람에 대한 투자를 최우선으로 생각했기에, 전 기술자를 정직원으로 고용하는 경영을 할 수 있었을 것이다.

높은 위치에 있든, 낮은 위치에 있는 사람을 어떻게 대하느냐는 것은 가장 중요한 것 중의 하나이다. 일도 사람과 같이 하는 것이며, 평가도 사람이 하기 때문에 연봉도 사람에 의해 결정된다. 여러 이유를 무시한다고 해도, 내 이름이 남에게 어떻게 기억되느냐는 것은, 인생을 평가하는 중요한 기준이다. 몇십 년을 아등바등 일하고 나서 당신이 있어서 좋았다는 말을 듣고 싶은가, 당신만 없었다면…. 이라는 말을 듣고 싶은가?

"어떤 이는 가는 곳마다 행복을 주고,

어떤 이는 떠날 때마다 행복을 준다."

- 오스카 와일드 아일랜드 작가

꼰대적 한마디 12

아버지의 유일한 충고

아버지도 평생 회사원을 하셨다.

이름을 들으면 누구나 알 만한 대기업에서 임원까지 하시다가 퇴사하셨다. 아버지는 평소 말을 많이 하시지 않는 분이셨다. 내가 대학에 입학했을 때에도, 강원도 양구에 있는 부대로 입대했을 때에도 별다른 말씀이 없으셨다. 그런 아버지가 입사하게 되었다는 말씀을 드렸을 때, 평소와 다르게 충고해 주신 말이 있다.

"적을 만들지 말아라.

회사는 혼자 하기 힘든 일을 여러 사람이 모여서 해내기 위한 곳이야.

외부의 경쟁자와 싸워서 이겨야 되는데, 내부에 적이 생기면 결코

그 싸움에서 이길 수 없어.

그리고, 회사에서 네가 이루고자 하는 일을 하는 과정에서 적이

만들어졌다면, 그건 너의 능력이 부족한 것이다."

회사는 다양한 배경을 가진 각양각색의 사람이 모여 있는 곳이다. 그 중에는 자신의 보신을 위해 올바른 일을 무시하는 사람, 논리적으로 설득 당하는 것을 패배로 생각하는지 절대로 뜻을 굽히지 않는 사람, 젖은 낙엽이 롤모델인지 자리에 딱 붙어서 아무것도 해보려 하지 않는 사람, 그리고 속된 말로 '똘아이' 같은 사람도 있다. 한마디로 수준 이하의 사람을 만날 수도 있다. 그럼에도 불구하고 하고 싶은 일이 이런 사람들로 인하여 막힌다면, 그 사람들을 탓할 것이 아니라, 그런 수준 이하의 사람조차도 설득하지 못한 자신의 수준을 뒤돌아보고 더욱 노력해야 한다는 말씀을 하신 것이다.

그 당시, 이제 막 새로운 일을 시작하려는 나에겐 크게 와 닿지 않았다. 30년 이상 회사원을 하신 베테랑이 입사하는 아들에게 가장 해주고 싶은 충고 속 회사는, 내 상상 속 회사와 많이 달랐기 때문이다. 하지만, 시간이 지나고 보니 아버지의 충고가 생각나는 상황이 적지 않았다.

회사는 결국 사람 간의 시너지로 결과를 만들어 내는 곳이고, 사람이 가장 중요한 자산이다. 하지만, 그 자산은 사람과의 관계에 따라서는 유용하게 활용될 수도, 사장될 수도 있다. 정말 유능하고 정열이 넘치나, 자신의 정열에 따라오지 못하는 타인을 용납할 수 없어서 사내에서 공공의 적이 되는 사람도 많이 봤다.

자기의 생각을 관철시키기 위해 올바른 말을 바르게 해서 주변의 많은 사람을 곤란하게 만드는 사람도 봤다. 내가 정답이라면, 그 전까지 다른 말을 하던 사람들은 오답을 정답이라 우겼던 무능한 사람이 되는 것인데, 이런 상황을 배려하지 않는 것이다. 이럴 경우, 올바른 일을 함에도 주변과 마찰이 생기고, 이런 상황에 격분하여 더욱 상황을 어렵게 만드는 경우도 많다.

어떠한 상황이든 자신이 옳다면 화낼 필요가 없고, 성급하게 행동하여 적을 만들 필요가 없다. 차분하게 그 상황을 헤쳐 나갈 방법을 찾는 것이 현명한 것이다.

"당신이 옳다면 화낼 필요가 없고, 당신이 틀렸다면 화낼 자격이 없다."
  – 마하트마 간디 인도의 정치 지도자

아버지의 충고는 그저 마찰을 피하라는 뜻은 아닐 것이다. 뜻을 관철시키기 위해서는 그만큼 자기자신이 성장해야 한다는 뜻이고, 주위 사람들을 소중히 하라는 뜻일 것이다. 소중한 인재로 대우받고 싶으면, 나 역시 같이 일하는 동료를 소중하게 생각해야 한다는 뜻이었음을 뒤늦게 알게 되었다.

적을 만들지 말라는 말은 나에게 하나의 원칙이 되었다. 원칙은 행동에 영향을 준다. 무슨 일을 하든 보다 많은 공감을 얻어내려 애썼고, 내 주위의 사람, 내 생각에 반대하는 사람의 입장까지도 배려하려고 노력했다. 또한 내 생각에 스스로가 매몰되지 않도록 다양한 관점에서 한 번 더 검토했고, 보다 호소력 있는 근거를 준비했다. 그리고 다른 사람의 뒷담화도 하지 않으려 애쓰고 있다. 이렇듯 원칙을 가지고 회사생활을 하면 많은 것이 분명해질 것이다.

팀보다 위대한 선수는 없다

존중해야 하는 두 번째 것은 팀이다.

팀워크^{Teamwork}가 무슨 뜻인지 모르는 사람은 드물 것이다. 여러 정의가 있지만, 팀의 구성원들이 공동의 목표를 위해 각자가 맡은 역할을 다하고 협력지향적으로 행동한다는 것을 의미한다.

팀워크를 향상시킨다는 것은, 팀원들이 조직의 일원으로서 자발적으로 일할 수 있는 충분한 동기가 부여되고, 공동의 목표 달성에 보람을 더 느끼도록 만들고, 일의 과정에서 보다 이타적인 활동을 많이 하고, 시스템이 유지되도록 자발적으로 문제를 보완하고 노력하는 상태로 이끌어가는 것이다.

조직은 한 사람의 훌륭한 팀장이나 스타 플레이어만 있어도 좋은 성과를 달성할 수도 있다. 하지만, 이런 조직은 한계가 있다. 규모가 커지면 소수의 사람만으론 모든 업무를 처리할 수 없고, 소수의 유능한 사람이 없어지면 팀 역량 자체가 변해 버린다.

가장 이상적인 조직은 어느 날 누가 새로운 사람으로 바뀌어도 이전과 똑같이 돌아가는 조직, 즉 시스템이 일을 하는 조직이다. 배의 모든 부재가 새 것으로 바뀌어도, '테세우스의 배'라는 정체성은 유지되는 것처럼, 모든 사람이 바뀌어도 그 조직의 시스템은 변하지 않아야 한다. 그리고, 그 시스템에는 팀워크를 촉진시켜 주는 요소가 녹아 있어야 한다.

4차산업혁명 전의 시대는 기본적으로 생산시설이 돈을 버는 시대였다. 무엇을 만들어낼지는 사람이 생각하지만, 생산시설이 물건을 만들어내어 그것이 얼마나 팔리는지가 수익을 만들어내는 것이다. 하지만, 지금은 사람의 지식과 창의성이 돈을 버는 시대이다. IT기업이 가진 것은 컴퓨터와 사무실, 그리고 사람 뿐이다. 유형자산이 시가총액의 10%도 안되는 기업이 많다. 극단적으로 말하면 회사가 가진 것의 90%는 직원들의 생각인 것이다. 그렇기에 직원들의 커뮤니케이션과 협업이 중요하다. 팀워크로 많은 것을 이룰 수 있는 시대가 온 것이다.

팀워크를 가능하게 하는 것

팀워크 촉진과 관리를 위한 무수한 기법들이 있지만, 보다 중요한 것은 '무엇이 팀워크를 가능하게 하느냐'를 아는 것이다. 무엇이 사람을 자기자신을 위해서가 아니라 자기가 속한 팀을 위해 행동하게 만드냐는 것이다.

지금까지의 경험으로 보면, 팀워크를 촉진할 수 있는 가장 현실적인 원동력은 보상일 것이다. 개인 입장에서는 팀을 위해 노력하면 목표를 달성할 가능성이 높아지고, 그에 따라 승진이나 상여금 등의 보상이 주어진다. 하지만, 보상은 미래에 주어지는 불확실한 소득이다.

이것 만으로 당장 하루하루 자신의 업무강도를 높이고, 리스크를 많이 부담하면서 팀을 위해 이타심을 발휘하는 것은 쉽지 않다.

자발적으로 팀워크를 촉진할 수 있는 가장 근본적인 원동력은, 구태의연하게 들릴지 모르지만 '주인의식'이라고 생각한다. '나의 팀'이라는 생각 말이다. 요즘은 '오너십'Ownership이라고도 한다. 나의 팀이라고 생각하면 모든 일이 내 일이고, 잘하고 싶고, 문제가 생기면 무관심할 수 없고, 해결하기 전까지 포기할 수 없다. '나의 집'에 불이 났다면 외면할 수 없고, 꺼질 때까지 포기할 수 없는 것과 마찬가지이다. 나의 집이어야 거기서 같이 지내는 팀원들과 적극적으로 생각을 조율하고, 팀원의 어려움에 공감하고 도와주고 싶어 지는 것이다.

주인의식은 보상이 높아진다고 생기지는 않는다. 높은 급여를 받아도 회사를 그저 일한 만큼 돈을 주는 ATM 정도로 생각하는 사람도 많다. 사실 회사원에게 주인의식을 갖게 하는 것만큼 어려운 것도 없을 것이다. 주인이란, 소유하고 있는 것을 마음대로 할 수 있기에, 가진 것을 소중히 가꾸는 것이다. 회사원은 마음대로 할 수 있는 것도 거의 없고, 내가 헌신한다고 극적으로 보상이 높아지는 것도 아니다. 한마디로 주인이 아닌데 주인의식을 가질 수는 없는 것이다.

그래도 팀은 한 배를 탄 사람들이다. '나의 배'는 아니지만 '우리 배'는 중요하다. 생사를 같이 하며, 잘 되든 못되든 운명을 같이하기 때문이다. 다 같이 협동하여 태풍을 뚫고 항해해야 하며, 옆 사람이 파도에 쓸려 바다에 빠지면 구해줘야 한다. 구하지 않으면 노를 젓을 사람이 줄고, 돛을 펼 사람이 줄고 결국 배가 제대로 항해할 수 없게 된다. 서로 도와야 다 같이 육지를 밟을 수 있다.

메이저리그의 유명한 일화 하나를 이야기했으면 한다. 2004년, 보스턴 레드삭스는 플레이오프에 진출했다. 그러나 에이스인 커트 실링이 발목에 부상을 입어, 시합 직전에 상처 부위를 꿰매고 등판하게 된다. 시합 중에 그 상처가 터져 그의 양말에 피가 쓰며 나오기 시작했고, 누구나 그의 발목에 문제가 있음을 알 수 있었다.

메이저리그는 전세계의 최정상급 선수들이 모이며, 최고 수준의 돈이 오가는 곳이다. 타율이나 출루율 0.1의 차이로 몇 십억, 몇 백억 원이 바뀌는 세상이다. 이런 세상임에도 그 상황에서 상대편 선수는 아무도 기습번트를 시도하지 않았다. 투수 쪽으로 기습번트를 하면, 발목 부상이 있는 투수가 빠르게 대처하지 못해 안타가 될 확률이 높고, 실패하더라도 투수의 발목 부상을 악화시켜 오래 못 던지게 만들 수도 있다. 그러나 단 한 번도 기습번트를 하지 않았고, 결국 시합에서 졌다. 선수들은 왜 그랬을까? 인터뷰에서 밝혀진 바로는, 진 팀의 감독은 이에 대해 어떠한 지시도 하지 않았다고 한다.

결론은 '동업자 의식'이다. 선수들은 작게 보면 서로 다른 팀에 속해 우승을 다투지만, 크게 보면 메이저리그라는 시스템 속에서 돈벌이를 같이 하고 있는 동업자이다. 그들은 관객들이 양말이 피로 얼룩진 투수를 집요하게 물고 늘어져 승리하는 것에 열광하고 돈을 지불하는 게 아니란 것을 안다. 또한, 동업자인 부상 선수의 선수생명을 단축할지도 모르는 전략을 쓰고 싶진 않았을 것이다. 그들은 다 같이 시장의 가치를 높여 파이를 키우고 그것을 나누어 가지는 것이 최선임을 알고 있었던 것이다. 동업자로서 무엇이 최선인지를 스스로 판단한 결과이다.

경쟁해야 하는 서로 다른 팀에 속한 선수도 이와 같이 동업자를 중요하게 생각하고, 전체 시스템에 있어서 무엇이 최선인지를 생각하는데, 회사의 작은 팀도 이와 비슷한 마인드를 가질 수 있지 않을까? 팀원끼리는 동업자다. 더 큰 빵을 얻어 다같이 나누어 먹어야 하는 동업자인 것이다.

무임승차 예방법

팀워크에 대해 이야기할 때 '1+1=2+∝알파'라는 비유를 자주 한다. 하지만 현실에서는 1+1=2-∝알파인 경우도 많으며 이런 현상을 '링겔만 효과$^{Ringelmann\ Effect}$'라고 한다. 줄다리기를 혼자 할 때 발휘하는 힘을 100퍼센트라고 하면, 3명이 한 팀이 되어 할 때는 80퍼센트를 약간 넘는 힘만 발휘되고, 8명으로 할 경우에는 50퍼센트의 힘도 발휘하지 않는다는 것이다.

이런 현상은 그대로 회사 조직에서도 나타날 수 있다. 혼자 업무를 할 때는 어떻게 해서든 혼자 완수해야 하기에 100퍼센트의 힘을 발휘하지만, 여러 사람이 같이 작업할 때는 '무임승차'가 발생한다. 개인별로 얼마나 노력했는지가 명확하게 구분되기 어려울수록 각자가 들이는 노력은 적어질 수밖에 없다. 따라서, 관리하는 입장에서는 어떻게 하면 무임승차가 발생하지 않도록 업무를 잘 배분하느냐, 어떻게 각 구성원이 최대의 공헌을 하도록 유도하느냐가 관건인 것이다.

일본에는 'Book Road'라는 이름의 무인 중고서점이 있다. 말그대로 가게 안에는 종업원이 없다. 도난 때문에 금방 책이 없어져서 문을 닫게 되지 않았을까 생각했는데, 알아보니 2013년에 개점한 이후, 지금까지 도난사건은 거의 없었다고 한다. 오히려 안 보는 책을 유용하게 써 달라고 자기 집에 있는 책을 슬며시 놔두고 가는 사람이 많다. 이 서점에서는 어떻게 해서 도난을 막았을까?

가게는 밤 늦게까지 사람이 많이 지나다니는 주택가 입구의 길에 면한 1층에 자리 잡고, 서점 정면 벽은 투명한 유리로 만들어 지나가는 사람들이 내부를 다 볼 수 있게 만들었다. 서가는 벽에만 만들어 밖에서 내부 상황이 잘 보이게 했다. 또한, 인감센서를 부착한 조명을 설치하여, 고객이 들어오면 조명이 한단계 더 밝아져서 사람이 가게에 들어갔다는 것을 누구나 알 수 있게 해 준다. 책값은 자판기에 넣는다. 자판기에 돈이 들어가면, 책을 담는 눈에 띄는 색깔과 디자인의 비닐봉지가 나오게 되어 있다. 누군가가 책을 그 비밀봉지에 넣지 않고 그냥 들고 나오면, 그 가게를 이용해 본 적이 있는 사람이라면 계산을 하지 않았음을 알 수 있게 한 것이다.

물론 가게에는 감시 카메라도 있어 그것이 도난을 막아주고 있을 뿐이라고 생각할 수도 있겠으나, 감시 카메라와 종업원이 있는 서점에서도 도난은 일상적으로 일어난다. 참고로, 일본의 일반적 서점 매출액 대비 도난액 비율은 1~2% 정도라고 하니 적지 않다.

이 서점은 모든 것을 다른 사람이 볼 수 있다는 것을 고객이 알게 만들어, 이용자가 심리적으로 절도를 하기 힘들게 만드는 것이다.

회사에서 무임승차를 방지하기 위해서도 이 서점과 같이 '투명성'을 높이고 '눈으로 볼 수 있게'하는 것이 필요하다. 서점의 도난 방지와 팀워크는 전혀 다른 이야기이지만 투명성이 사람의 행동에 영향을 줄 수 있다는 것을 말하려는 것이다. 감시나 강제보다 심리적인 영향을 미쳐 자발적으로 행동하게 만드는 것이 더 효과적일 수 있다. 사람은 남의 시선이나 평가에 완전히 무감각할 수 없다. 무감각할 수 있는 사람은 사이코패스이다.

투명성을 강조했지만, 이것은 직원을 감시해야 한다거나, 실적을 적나라하게 공유하여 직원들 간의 경쟁심을 유발하여 성과를 올리는 방법을 말하는 것이 아니다. 이런 방법은 각자가 자기 실적을 최우선으로 생각하고 이기적으로 행동하게 되어 '플러스 알파'가 생겨나기 힘들게 만들 뿐이다.

진정한 투명성은, 팀원들 간에 서로 무슨 일을 하고 있는지 쉽게 파악할 수 있게 하고, 자유롭게 정보가 공유되며 솔직한 의견이 오고 가는 환경을 말한다. 이런 환경은 심리적으로 무임승차하기 어려운 상황을 만들어야 확보될 수 있다.

그리고, 팀원 간의 유대감이 높아지고, 같이 고생하여 일을 성공시킨 후에 함께 맛보는 술 한잔의 기쁨을 많이 경험하다 보면, 무임승차가 의미 없게 느껴질 것이다. 무임승차의 찝찝한 편안함보다 그 술이 더 달콤하기 때문이다.

팀에서는 자기가 제일 편해야 하고, 제일 많은 보상을 받아야 한다는 생각은 버려야 한다. 한사람 한사람이 팀을 위해 무엇을 하는 것이 가장 크게 기여할 수 있는 길인지를 생각해야 하고, 그 공헌이 곧 자신의 가치를 가장 확실하게 높일 수 있는 방법임을 알아야 한다. 팀이 잘되면 노력은 자연스럽게 보상받는다.

꼰대적 한마디 13
체력은 국력이 아니라 능력

요즘 젊은 세대는 '체력이 국력'이라는 구호를 모르는 사람도 있을 것이다. 과거 군사독재정권 때 국민총동원령을 위해 정부가 사용한 것이 시초라고 한다. 체력이 국력에 영향을 미치는지는 모르겠지만 개인의 능력에는 확실하게 영향을 미치고, 개인 능력의 집합체인 팀 능력에도 영향을 미친다.

팀워크를 위해 중요한 것 중의 하나가 몸관리이다. 회사는 혼자 일 하는 곳이 아니다. 조직에서 각자 맡은 역할이 있고 책임이 있다. 내 몸관리가 부실하여 구멍이 난다는 것은 조직의 시스템에 허점이 생 기는 것이다. 회사에서 인정받는 직원일수록 허점이 조직에 미치는 영향은 클 것이다.

드라마 미생에는 이런 장면이 나온다. 주인공이 어릴 때 바둑 대회 를 나갔는데 번번히 결과가 좋지 않자 스승은 주인공을 앉혀 놓고 말 한다.

"체력이 약하면 빨리 편안함을 찾게 되고, 그러면 인내심이 떨어지 고 그리고 피로감을 견디지 못하면 승부 따위는 상관 없는 지경에 이르지. 이기고 싶다면 니 고민을 충분히 견뎌줄 몸을 먼저 만들어. 정신력은 체력의 보호 없이는 구호 밖에 안 돼."

드라마에 나오는 스승의 말은 바둑에만 국한되지 않는다. 회사원도 체력이 기본이 되어야 일에 전념할 수 있고 좋은 성과를 낼 수 있다. 업무를 수행할 있는 몸상태로 매일 정해진 시간에 출근하는 것은 회사원에 대한 최소 요구사항이다. 그래서 지각과 결근에 대해서는 관심을 가지고 엄격하게 관리하는 것이다.

영화 '쇼생크 탈출'의 원작자이기도 한 미국의 소설가 스티븐 킹도, 성공의 비결이 뭐냐는 질문을 받을 때마다 **"첫번째로 육체적인 건강을 유지하는 것."**이라고 대답한다고 한다. 온종일 책상에 앉아서 글을 쓰는 사람조차도 체력은 첫 번째로 필요한 것이다.

요미우리 자이언츠는 일본시리즈를 22번 제패한 최강의 팀이다. 자금이 풍부한 자이언츠는 두각을 나타내는 선수가 보이면 높은 연봉으로 그 선수를 데려온다. 그러다 보니, 다른 팀에서 4번 타자를 하던 선수를 항상 2,3명 거느리고 있을 정도로 선수층이 두텁다. 그런 팀에서 15년을 버틴 스즈키 다카히로라는 선수가 있다. 생애타율은 그저 그런 선수였지만, 통산 도루 성공률은 0.829이고, 대주자로 교체 출전하여 132개의 도루를 성공시켰다. 이 두 가지는 일본프로야구 최고 기록이다.

그는 언제 시합에 나갈지 모른다. 몇 일을 시합에 나가지 못하는 경우도 많다. 하지만 언제든 최상의 주루를 할 수 있도록, 매일 몸을 만든다. 그리고, 결정적인 순간에 시합에 나가 확실하게 한 번 뛰고 온다. 감독이 원하는 때에 원하는 일을 착오없이 해내서 절대적인 신뢰를 얻은 것이다.

회사원도 상사가 원할 때 확실하게 업무를 해내야 하는데, 체력이 떨어져서 혹은 병에 걸려서 일조차 맡길 수 없는 상황이 생긴다면 신뢰를 얻기 힘들다. 회사원도 프로이고, 프로에게 지불하는 대가는 몸 관리에 드는 비용까지 포함된다. 프로야구선수는 돈을 받고 야구를 하고, 회사원은 급여를 받고 업무를 할 뿐이다. 사람인데 감기도 걸릴 수 있고, 다칠 수도 있다. 그러나 기본은 매일 최상의 컨디션으로 출근하여, 감독이 무슨 지시를 하더라도 뛰어나가 최상을 퍼포먼스를 보여줄 수 있어야 한다.

3차까지 술을 마셨다, 3일 연속 술을 마셨다, 새벽 3시에 집에 갔다는 말을 자랑처럼 하는 사람들을 많이 본다. 물론, 반복되는 일상에서 벗어나 일탈을 함으로써 스트레스도 풀고, 그런 추억이 사람 간의 친밀함을 높여 준다. 또한 접대 등 원치 않는 술을 마셔야 할 때도 많다. 그렇더라도, 프로라면 몸 관리는 기본이다. 최상의 컨디션을 유지할 수 있는 범위에서 즐기자.

조직문화는 조직이 만들어 주지 않는다

존중해야 하는 세 번째 것은, 조직문화이다.

기업에서는 갈수록 조직문화가 강조되고 있다. 뉴스에서도 구글이나 카카오의 조직문화에 대한 뉴스를 심심찮게 볼 수 있고, 취업준비생이 회사를 선택하는 기준 중에서도 조직문화는 중요한 요소가 되고 있다.

지금까지는 시장은 지속적으로 성장하는 것이 당연했고, 그렇기에 시장을 예측하는 것이 쉬웠다. 커가는 시장 규모에 맞추어 목표를 정하고 신속하게 실행하는 것이 중요했고, 이런 전략에는 수직적 조직문화가 적합했다.

하지만, 사회는 점차 복잡해지고 모든 분야에서 공급이 수요를 초과하는 시대로 접어들었다. 규모적인 성장이 점점 어려워지고, 경쟁 관계는 복잡해져서 누가 경쟁자인지, 어디까지가 사업영역인지 알기 힘든 시대가 된 것이다. 이런 변화로 인해 회사도 빠른 적응력이 중요해지고, 이를 위해서는 창의적 혁신역량을 갖추어야 할 필요가 생겼다.

사회의 변화 속도에 맞게 업무를 신속하게 처리하기 위해서 조직문화는 보다 수평적인 것이 바람직한 것으로 여겨지고, 창의성이 발현 가능한 개방적인 조직문화가 각광받기 시작했다. 새로운 시도가 실패했을 때에도 불이익이 없고 노력 자체에 대해서 인정받을 수 있다는 심리적 안정감을 줄 수 있는 문화가 중요하기 때문이다.

이제 조직문화는 회사의 핵심 경쟁자원이 되었다. 제품이나 기술은 눈에 보이는 것이기에 경쟁사가 쉽게 모방할 수 있다. 하지만, 눈에 보이지 않는 조직문화는 정확하게 파악하기조차 쉽지 않다. 어렵게 실상을 파악해도 단기간에 흉내 내고 정착시키기도 힘들다. 기술은 돈을 주고 살 수 있지만, 우수한 조직문화는 돈으로 해결할 수도 없다.

사람이 곧 회사이기에, 회사가 직원들을 어떤 문화에서 일하게 만드느냐는 것은 회사 경영의 핵심이다. 그렇기에, 친애하는 동료가 되기 위해서는 조직문화를 존중하고, 발전시키려는 노력이 필수적으로 요구된다.

"조직문화는 경영의 승부처 중의 하나가 아니다. 승부 그 자체이다"
 – 루 거스너 *Lou Gerstner*, 전 IBM 회장

회사 전체의 조직문화는 장기간 쌓이고 굳어져 만들어진 것이라 쉽게 변하기 어렵다. 하지만, 보다 작은 단위의 조직에서는 업무 특성, 리더의 성향 등에 따라 회사 전체의 조직문화와는 다른 독자적인 문화가 존재할 수 있다고 생각한다. 리더가 기존의 조직문화에 자신만의 색을 덧칠하는 것이다.

유럽의 명문 축구팀을 봐도 구단의 역사와 쌓아온 전통에 따라 그 구단만의 독특한 문화와 분위기가 있다. 하지만, 감독이 바뀌면 팀의 색깔이 변한다. 선수들의 분위기가 바뀌는 것이다. 만약, 새로운 감독

이 왔는데 아무런 변화가 없다면, 그 감독은 일을 안 했거나 못하는 사람일 가능성이 높다.

조직 전체의 조직문화가 후진적이라고 포기하면 안 된다. 자신이 이끄는 조직의 문화는 얼마든지 바꿀 수 있다.

조직문화는 조직이 만들어주는 것이 아니라, 리더가 만들어 나가는 것이다.

이상적인 조직문화

이상적인 조직문화가 어떤 것인가에 대해서는 수많은 연구가 수행되어 왔었다. 연구는 다양한 방법으로 다양한 집단을 대상으로 이루어지고 있으나, 결론은 큰 차이가 없는 것 같다. 예전에 일본에서 MBA 강의를 들었을 때, 강사가 전 세계 임원 수백명을 대상으로 조사를 하며 도출해 낸 꿈의 직장을 만드는 6가지 원칙이라는 것을 들은 적이 있다.

"회사에서 있는 그대로의 자신을 드러낼 수 있다.

직원의 꿈과 능력을 키워준다.

직원들이 업무를 통해 보람을 느낀다.

직원의 의욕과 사기를 저하시키는 불필요한 규칙이 없다.

실제 일어나는 상황을 직원과 솔직하게 공유한다.

회사의 활동이 사회적으로 의미 있는 가치를 실현한다."

강사는 이 중에서 당신이 모르는 원칙이 있는지, 당신의 신념 상 도
저히 받아들이지 못하는 것이 있는지 물었다. 아무도 아무런 반응을
보이지 않자, 강사는 만약 그런 사람이 있다면, 사람으로서 상식적 사
고를 하지 못하는 사람이니, 경영자가 되지 말라고 웃으며 말했다.

강사가 하고 싶었던 말은 간단하다. 다들 몰라서 못하는 게 아니라,
알고 있는 것을 무시하기 때문에 문제가 생기는 것이라는 점이다. 상
식이라는 것이 모두가 수긍할 수 있는 것이기에, 상식만 지키면 꼰대
질 없는 조직문화가 만들어질 수 있지만, 그게 쉽지 않다. 상식은 지
켜도 티가 나지 않고, 생색내도 칭찬받기 어렵기 때문이다.

위의 6가지를 모두 만족하는 회사는 없을 것이다. 회사 전체를 이
렇게 만들기는 어렵지만, 보다 작은 단위인 팀에서는 리더의 노력으
로 많은 부분을 실현할 수 있다.

직원이 솔직하게 자신을 드러낼 수 있도록 편안한 분위기에서의
소통이 가능하게 만들고, 팀이 나아가야 할 방향과 팀장으로서 생각
하고 있는 전략에 대해 솔직한 피드백을 해준다. 또한, 직원에게 교육
의 기회를 제공하고, 본인이 원한다면 직장생활과 대학원 등의 교육
을 병행할 수 있도록 배려해 준다. 직원들의 일상적인 업무에 대해서
도 적극적인 칭찬과 소소한 보상을 주어 의욕적으로 업무에 임하도
록 노력한다. 또한, 실질적인 효용이 없는 구태의연한 규칙은 리더의
권한으로 어느정도 유연하게 적용할 수 있도록 하거나, 예외를 인정

한다. 이러한 노력을 해 나간다면, 적어도 그 팀은 꿈의 직장에 가까워질 수 있다.

조직문화의 여러 특성 중에서는 '자신을 있는 그대로 드러낼 수 있다'가 중요하다고 생각한다. 이는 조직원이 어떤 행동을 해도 이해 받을 수 있을 것이라는 심리적 안정감을 제공하는 것이다. 솔직함이 권위에 대한 도전이 아니라 다양성 및 창의성의 표출로 인정받을 수 있어야 한다.

누구든 '우리집'에서 가장 편하다. 우리집에서는 내가 편한 옷을 입고, 내가 쓰고 싶은 가구로 채워져 있고, 우리 가족 말고 다른 사람의 눈치도 안 봐도 된다. 가장 편한 자세로 뒹굴 수 있다. 한마디로 집에서는 본연의 자기 모습, 습성대로 지낼 수 있기 때문에 편한 것이다. 또한, 우리집에서는 의견을 솔직하게 이야기할 수 있다. 내 생각을 솔직히 말한다고 나에 대한 평가가 낮아지지 않을까, 이상하게 생각하지 않을까, 걱정하며 사는 사람은 없을 것이다. 무슨 말을 하더라도 우리집에 사는 사람들은 다 이해해 줄 것이라는 믿음이 있다.

그래서 개인적 이야기를 공유하는 문화가 필요하다. 자신을 있는 그대로 표현할 수 있는 기회를 주고, 편하게 표현할 수 있도록 해 줘야 한다.

개인적 이야기가 보다 많이 공유되어 있다면, 자신을 있는 그대로 표현했을 때, 어떤 생각이 바탕에 깔려 있는 것인지 알고 있기에 이해하기 쉽고, 그 사람의 행동에 공감할 수 있는 가능성이 높아진다. 이렇게 공감할 수 있는 가능성이 높아져 있는 조직이라면, 서로 보다 솔직해질 수 있을 것이다.

직장이 '우리집'이 될 수는 없다. 직장 동료는 피로 연결된 것도 아니다. 하지만, 주 52시간을 같이 보내는 사이다. '우리 팀'이 되도록 노력하는 것이 조직문화를 다듬기 위한 시작점이 되어야 한다.

영국의 경영학자 웰더는 **"경영자는 근무시간의 70%를 소통을 위해 쓰고, 기업문제 중 70%는 소통 장애로 발생한다"**고 했다. 리더라면 소통을 위해 노력하는 것이 얼마나 중요한지 통감해야 한다. 소통이 잘 된다면, 업무적인 착오는 얼마든지 다 같이 노력해서 만회할 수 있다. 하지만, 소통이 잘 안되면 어떠한 업무도 제대로 굴러가지 않는다. 아니, 업무가 제대로 되고 있는지 아닌지 조차 알 수 없게 된다.

꼰대적 한마디 14
에티켓과 매너

회사에 다니다 보면 비즈니스 매너라는 말을 많이 듣는다. 매너도 넓게 보면 조직문화의 일부분이다.

약속 시간을 지키는 것은 최소한의 매너일 것이다. 명함은 반드시 명함지갑에서 꺼내서 건네야 한다. 가끔 중국집 명함크기 전단지처럼 다이어리 표지에 꽂아 놓았던 귀퉁이가 뭉개진 명함이나, 양복 주머니에 있던 명함을 꺼내서 건네는 사람도 있는데, 이런 행동은 큰 결례이다. 상대에게 주는 것은 무엇이든 소중하게 간직했던 깨끗한 것을 주는 것이 매너이다. 나조차도 소중히 다루지 않던 것을 남이 소중히 간직하길 바라는 것은 오만이다.

회의 자리에서 다른 회사 사람이 배부한 자료는, 필요하든 필요 없든 무조건 가지고 나와야 한다. 열심히 만든 자료가 회의테이블에 버려진 것을 보면 만든 사람 기분이 좋을 리 없다. 비즈니스에 대한 매너만 언급해도 책 몇 권은 쓸 수 있을 것이다.

사람인데 모든 것에 완벽할 수는 없다. 대통령도 실수는 한다. 외국 정상과의 만찬에서 허리를 굽히며 건배한 대통령, 식사 전에 냅킨을 구겨 테이블에 올려 놓은 대통령, 건배 제의를 하고 혼자 호탕하게 원 샷 해버린 대통령 등이 있었다. 안타깝게도 모두 우리나라 대통령이고, 서로 다른 사람이다. 외국사람과 건배할 때는 상대의 지위가 높거나 나이가 많더라도 허리를 펴고 눈을 마주치면서 해야 하고, 한 번 구긴 냅킨은 식사가 끝난 후에만 테이블에 올려놓아야 한다. 구겨진 냅킨을 테이블에 올려 놓는 것이 식사가 끝났다는 것을 표현하기 때문이다. 건배 제의 후에는 주변 사람과 잔을 부딪히며 가볍게 인사를 나눈 후에 술을 마셔야 한다.

디테일 한 것이지만, 이런 미세한 것들이 이미지에 큰 영향을 미친다. 대통령은 국격을 나타내지만, 회사원도 회사의 품격을 대표한다. 내가 상대에게 매너도 모르는 촌놈이라고 인식되면, 그게 바로 우리 회사 이미지가 된다. 어떤 자리에 가든 기본은 알고 가자.

매너나 에티켓은 상대에 대한 존중을 행동으로 보여주는 것이다.

내가 모시던 한 상무님은 외부 손님과 저녁 약속이 있는 날이면, 항상 5시쯤 간식을 드셨다. 처음에 사무실을 나갈 시간을 상기해 드리려 방에 들어갔을 때 빵을 드시고 계셔서, 약속이 있는 것을 잊으신 게 아닌가 생각했었다. 하지만, 그 뒤로도 저녁 약속이 있는 날은 항상 뭔가 드시고 계셨다. 어느 날 석식을 마치고 이유를 여쭈어 본 적이 있는데, 상무님은 대답은 이랬다.

"내가 배고프면 자꾸 음식에 신경이 가.
적당히 배불러야 손님에게 집중이 잘 돼."

그는 음식이 아니라 손님에게 집중하고, 손님을 정성껏 챙기려고 한 것이다. 사람과의 만남에 있어서 이런 식으로 최선을 다할 수도 있다. 이것도 존중을 실천하는 작은 요령일 수 있다.

에티켓을 지키는 것도 좋지만, 경우에 따라서는 임기응변이나 관용도 필요하다. 와인을 마시는 기회도 점점 많아지고 있다. 와인은 병아래 쪽을 잡고 한 손으로 따르는 것이 원칙이다. 와인 맛에 영향을 줄 수 있는 손의 열이 병으로 가장 적게 전달되도록 하기 위해서이다. 하지만, 상대가 와인에 친숙하지 않아 불쾌하게 생각할 것 같으면, 살짝 다른 쪽 손을 병에 갖다 대어 두 손으로 따르는 모양새를 만들어 줘도 문제될 건 없다.

높은 사람이 와인을 따라줄 때도 마찬가지이다. 원칙은 잔을 테이블에 둔 채로 잔 아래 쪽의 평평한 베이스 부분에 살짝 손만 얹어 놓아도 된다. 이것으로 소주잔을 두 손으로 들고 술을 받는 것과 동등한 존중의 표현이 된다. 이 또한, 와인이 온도에 민감하고 쉽게 맛이 변하기 때문에, 가능한 뜨거운 사람 손과 덜 접하게 하기 위해서이다. 하지만, 술을 따라 주려고 하는 사람이 좀 떨어져 있어 따르기 불편한 상태라면 잔을 들어 가까이 내민다고 뭐라고 할 사람은 없다.

관행도 중요하지만, 왜 그래야 하는가를 아는 것이 더 중요하다. 그 이유를 알아야 유연하게 그 장면에 가장 적합한 배려를 실천할 수 있기 때문이다. 회사에서의 일도 마찬가지가 아닐까? 표면적인 기준이나, 프로세스나 원칙을 무조건 따르는 것이 중요한 것이 아니라, 그것들이 필요한 이유를 이해하고 공감해야 한다. 그래야 더 좋은 결과를 만들 수 있다.

DEAR 나의 꼰대

용기를 내어 말하자면, 나는 아이유를 좋아하지 않았다. 자꾸 오빠가 좋은 걸 어떡하냐고 노래하여, 전국의 오빠들뿐만 아니라 아직은 오빠라고 믿고 있는 아저씨들까지 착각에 빠지게 만드는 그녀의 노래가사도 조금 거북했다. 그런데, 한 편의 드라마를 보고 그녀에 대한 생각이 변했다. 바로 '나의 아저씨' 이다.

남자 주인공을 연기한 이선균의 나이가 나와 같고, 드라마상의 회사에서의 위치도 비슷해서 더 몰입하며 보았는데, 그가 연기하는 '아저씨'가 친애하고 싶은 품격 있는 꼰대의 모습이 아닐까 생각한다.

이 드라마는 꾸역꾸역 사는 사람들의 이야기이다. 학교 후배가 사장인 회사에서 주변의 차가운 시선을 견디며 부장으로 일하는 주인공, 꿈의 무게에 짓눌려 사는 안 팔리는 영화 감독인 동생, 회사에서 쫓겨나 청소 회사를 차린 형. 그리고, 그들과 같이 매일같이 술을 마시며 하루 동안 쌓인 삶의 먼지를 털어내는 평범한 이웃들이 있다. 모두가 평범하고 각자의 아픔을 견디며 살고 있다. 드라마가 현실과 다른 것은 그 아픔을 다같이 나누어 가진다는 것이다. 심지어 그 동네 사람에게는 이방인일 뿐인 이지안(아이유가 연기한 여주인공)의 아픔까지 다 같이 나누어 가진다. 더군다나 이 사람들은 어떤 대가도 바라지 않는다.

여주인공의 할머니가 돌아가셨을 때 할머니와 안면도 없지만 달려와준 동네 사람들에게 이지안은 '꼭 갚을게요' 라고 말하지만, 이 사람들은 말한다.

'뭘 갚아요. 인생 그렇게 깔끔하게 사는 거 아니에요'

분명 따뜻한 드라마인데, 보면 볼수록 외로워진다. 나에게는 저런 사람들이 몇 명이나 있는지 뒤돌아보면, 드라마의 찌질한 형제와 별 볼일 없는 이웃이 너무 부럽다.

이지안은 남자 주인공의 모든 대화를 24시간 도청하고 있다. 그녀가 보기에 이 아저씨는 뭐 하나 제대로 되는 게 없고 삶이 피곤해 보인다. 그런데도 그는 아무도 보지 않는 곳에서 그녀를 위해, 자기 사람들을 위해 처절하게 싸운다. 그의 무기는 어른다운 바른 생각과 말이다. 그녀는 그런 아저씨가 고맙고 미안하다. 그녀에겐 처음 만나는 존경하고 싶은 어른이다. 누군가가 나의 모든 소리를 듣는다면, 떳떳할 수 있을까. 나의 말은 얼마나 제대로 된 어른의 품격을 증명해 줄 수 있을까. 자신이 없다.

모든 일이 마무리된 후, 두 주인공이 마지막 인사를 하는 장면이 있다. 어둑어둑한 골목에서 헤어져 몇 걸음 멀어진 두 사람. 두 사람은 '안녕'이란 말 대신 '파이팅'을 주고 받는다.

평생 타인에게 받은 것은 실망과 절망 밖에 없기에,

누군가를 믿고 응원하게 된 게 믿기지 않지만,
이제는 그런 변화도 편안하게 받아들이고 있는 자신이 어색해서
작은 소리로 외치는 그녀의 수줍은 '파이팅'.

자신을 구원해 준 고마움과
처음으로 편안함에 이른 그녀를 보고
자신의 삶도 나쁘지 않았다고 안도하는 그 남자의 따뜻한 '파이팅'.

글로 몇 번을 고쳐 써 봐도 제대로 표현하기 어려운 이 느낌을 단 3
글자의 대사로 완벽하게 연기 한 두 배우. 세상이 멈춘 듯이 답답한
요즘, 나도 누군가의 '파이팅'이 듣고 싶다.

제4장
꼰대가 아닌, 등대가 되기 위해

꼰대가 되기 위한 최소한의 필요조건이 있다. 그 사람이 선배나 상사처럼 우월한 위치에 있어서 그를 따를 수밖에 없는 사람들이 존재하는 것이다. 이와 똑같은 조건이 필요하지만 전혀 다른 존재가 있다. 바로 리더이다. 같은 상황이지만, 어떻게 하느냐에 따라 꼰대도 될 수 있고, 리더도 될 수 있다.

바다를 항해라는 배에게 꼰대는 안개나 폭풍과 같은 존재지만, 리더는 등대와 같은 존재이다. 꼰대는 회사라는 바다에 나온 것을 후회하게 만들고, 배가 어디로 가야 할지 알 수 없게 만들지만, 리더는 어떤 상황에서도 믿고 따르면 올바른 방향으로 나를 이끌어줄 것이라는 믿음을 준다.

이제부터는, 꼰대가 아닌 등대가 되기 위해서는 무엇이 필요한지 이야기할 것이다. 지금까지 이 책을 읽어 주신 분들은 알 것이다. 사실 이 책의 진짜 제목은 '리더의 품격'이다.

꿈은 그 누구의 결제도 받을 필요가 없다

등대 같은 리더가 되기 위한 첫 번째 임무는, 후배의 꿈을 지키고 키워주는 것이다.

지미 카터는 **'후회가 꿈을 대신하는 순간부터 우리는 늙기 시작한다'**고 했다. 사람은 꿈을 꾸지 않는 순간 늙기 시작하는 것이다. 회사에서도 꼰대는 꿈을 꾸지 않지만, 리더는 이루고 싶은 꿈이 있다. 그리고, 자신의 꿈이 중요한 만큼, 후배의 꿈도 존중하고 그것을 이루도록 격려한다. 리더라도 후배의 꿈을 결제할 권한은 없다. 꿈을 이루도록 도와줄 책임만 있다. 리더라면, 후배의 꿈을 이해해 주고, 그것을 보다 쉽게 달성할 수 있는 길과 기회를 제공해야 한다.

처음 입사하거나, 연말이 되면 회사에서는 회사 로고가 새겨진 다이어리를 나누어 준다. 새 다이어리를 받으면 길었던 한 해가 끝나고 또다른 새해가 시작된다는 실감이 난다. 새로운 다이어리는 기분이 좋지만, 다이어리에 기록한 지난 일년 간의 역사에 만족하는 사람은 많지 않을 것이다. 분명 올해가 시작될 때에는 공부를 하겠다, 운동을 하겠다, 담배를 끊겠다, 자격증을 따겠다 등 여러 다짐을 했던 것 같은데, 연말이 되고 보면 이런 소소한 다짐 조차도 이룬 것이 없는 경우가 태반이다.

회사 생활을 하다 보면 출장도 가고, 갑자기 중요한 프로젝트에 관여하게 되어 몇 달 동안 야근을 계속하게 될 수도 있다. 오늘은 빨리 퇴근해서 공부나 운동을 하려고 마음먹어도 갑자기 생긴 술자리로 흐지부지 되는 경우가 다반사이다. 이번주는 정신이 없으니까 쉬자. 다음주는 힘든 프로젝트가 있으니까 쉬자. 다음달부터 하루 1시간씩 꼭 투자하자. 여름이 되면 시작하자. 그러다 보면 어느새 책상 위엔 새해의 다이어리가 놓여 있을 것이다.

> *"꿈이 있는 자에겐 희망이 있다.*
> *희망이 있는 자에겐 목표가 있다.*
> *목표가 있는 자에겐 계획이 있다.*
> *계획이 있는 자에겐 행동이 있다.*
> *행동이 있는 자에겐 실적이 있다.*
> *실적이 있는 자에겐 반성이 있다.*
> *반성이 있는 자에겐 진보가 있다.*
> *진보가 있는 자는 꿈에 다가간다."*
> *- 요시다 사다오* 일본 기생충학자

꿈에 다가갈 수 있는 선순환 속에서 가장 쉽게 연결이 끊기는 곳은 '계획이 있는 자에겐 행동이 있다'는 부분일 것이다.

사람은 누구나 편하게 살고 싶다. 오늘 하루 아무 생각 없이, 아무 계획 없이 빈둥댔다고 자책할 필요는 없다. 인간의 뇌는 생존에 필요한 최소한의 활동만 하고 싶어 하고, 생존과 상관없는 일에 에너지를 소모하길 꺼리도록 진화해 왔다. 독서나 공부, 다이어트 등은 800만 년 동안 진화해온 인간의 역사에서 극히 최근에 하기 시작한 생존과 무관한 사치스러운 행동이기에 자발적으로 하기 힘든 것이 당연하다. 그렇기에 꿈을 달성하기 위한 구체적인 행동계획을 세워야 한다. 그리고 그 계획에는 마감일을 설정하고 그 마감일을 지키려고 노력을 해야 그나마 달성할 수 있는 가능성이 생긴다.

소박하고 소소하지만 일상적으로 목표를 정하고 거기에 매달려 보는 것은 생각보다 중요하다. 처음부터 꿈을 목표로 매진하고 한방에 그걸 이루기는 어렵기 때문이다. 회사에서도 간단한 프로젝트를 한 두 번 해보면 어떻게 결과를 만들어 내는지 감이 생기고 요령이 몸에 밴다. 인생의 버킷 리스트를 달성하기 위해서도 작은 연습이 필요하다.

리더라면, 후배가 가지고 있는 꿈을 이해하고, 그 꿈을 달성하는 데 도움이 되는 적절한 과제를 부여하고, 행동에 나설 수 있도록 격려해야 한다. 후배가 가는 길에 부족해 보이는 것이 있다면 그것을 보충할 수 있는 기회를 만들어 주어야 한다.

회사원들에게 꿈이란 무엇일까? 어떤 사람은 임원이 되는 것이 꿈이라고 하고, 누군가는 회사에서의 경험을 살려 창업하는 것이 꿈이라고 한다. 100세까지 살아야 하는 요즘은 정년퇴직이 꿈이라는 사람도 많다.

누구에게도 말해 본 적은 없지만, 나의 꿈은 사장이 되는 것이다. 투수가 야구경기에 나갈 때는 자기의 방어율에 상관없이 완봉하겠다는 마음으로 마운드에 오르지 않는가? 회사 동료나 상사에게 이 말을 하면 다들 비웃을지도 모른다. 당신의 방어율로는 4회까지 버티면 잘한 것이라고 말이다. 하지만 꿈은 아무나 꾸어도 되는 것이 아닐까? 나의 꿈은 그 누구에게도 결제 받을 필요가 없다. 그리고, 꿈과 현실의 간극이 커야 노력의 크기도 커지니, 꿈은 마음대로 크게 잡아야 한다.

회사 생활을 하면 수없이 결제를 받는다. 누군가가 결제를 한다는 것은, 어떤 행동이나 계획에 대해 동의하고 책임을 공유하겠다는 의사를 확인하여 증거를 남기는 것이다. 반대로 말하면 결제없이 진행한 일은 전적으로 그 사람의 책임이라는 뜻이다. 나의 목표와 꿈은 실패해도 다른 사람과는 상관없는 일이며, 어차피 혼자 책임져야 한다. 그렇기에 자유롭게 기획하고 과감하게 실행하면 그만이다.

물론, 사는 건 계획대로 되지 않을 때도 많다. '핵 주먹'이라 불리던 마이크 타이슨이 **"누구에게나 계획이 있다. 링에 올라가서 턱주가리를 한 대 처 맞기 전에는 말이다."**라고 말했듯이 말이다. 그렇더라도 계획이 있다면, 한 대 맞기 전까지는 이길 수도 있다는 희망을 가질 수 있다.

모든 일의 출발점은 목표와 계획이다. 회사에 다니면 '계획대비 실적'이라는 말을 수없이 듣는다. 어떤 일이든 시작 전에 목표를 설정하고, 그 목표와 비교해서 얼마나 달성하였는지를 관리하는 방법이다. 그런데, 막상 회사에 다니는 사람들은 목표 설정을 등한시하는 경우가 많다.

목표와 꿈은 그 사람에게 생각의 기준을 제시한다. 그렇게 만들어진 기준의 차이가 결과의 차이를 만들어낸다.

리더라면, 후배의 꿈을 지켜주고 키워주어야 한다. 그 꿈들이 모여, 큰 것을 이룰 수 있음을 알아야 한다. 남의 꿈을 비웃거나, 던져준 일이나 제대로 하라는 사람은 결코 리더가 될 수 없다.

리더의 가장 중요한 업무 도구는 희망이다. 유능한 리더는 희망을 팔아 로열티를 사온다.

꼰대적 한마디 15
목표를 위해 장렬하게 전사하진 말자

지금까지 목표를 정해야 한다고 이야기했지만, 말처럼 쉽지 않다는 건 나도 안다.

우리는 초등학교, 중학교, 고등학교의 12년간 공부만 하다가 어느 날 갑자기 자기 인생에 지대한 영향을 미치는 전공을 정해야 했다. 사회에 대해 아는 것도 없고, 일해본 적도 없는데도 말이다.

핀란드의 대학입학 평균 나이는 24살이라고 한다. 갭 이어^{Gap Year} 제도가 일반화되어 있기 때문이다. 고등학교를 졸업하면, 수 년 동안 여행을 다니거나 기업에서의 인턴십을 통해 진로를 탐색한다. 이런 과정을 거친 후에 일할 직장 또는 공부할 전공을 결정하기에, 학업 성취도도 높고 자기 인생에 대한 만족도가 높아질 수밖에 없다.

우리에겐 갭 이어 같은 기회는 없다. 실전을 치르면서 목표를 정해야 한다. 다른 사람은 확실한 계획이 있고 일사불란하게 거기에 매진하는 것처럼 보이고, 나만 뒤처진 것 같은 느낌이 들지도 모르지만, 빨리 목표를 정하고 당장 뭔가를 해야 한다는 강박관념으로 스트레스를 받을 필요도 없다. 목표는 세우는 시점이 중요한 게 아니라, 얼마나 몰입할 수 있고 가슴을 뛰게 만드는 것인가가 중요하다.

그렇다고 너무 어렵고 심각하게 생각할 필요도 없다. 목표 없이 좀 방황한다고 큰 일 나는 건 아니다. 그리고, 실제로 많은 사람들이 목표 없이 살고 있다. 더군다나 고심해서 정한 목표나 계획이라고 해서 완벽할 수는 없으며, 언제든 변할 수 있다.

　그리고 목표를 세웠다고 해서, 거기에 모든 걸 걸고 매진해야 하고 포기하면 안된다고 자신을 괴롭히지 않아야 한다. 목표가 잘 못 되었다고 느끼면 멈추면 된다. 전쟁터에서 도망친 사람은 또한 번 싸울 수 있는 기회가 있다. 이길 수 없는 싸움에 모든 것 걸고 장렬하게 전사하는 것은 미덕도 아니고, 전쟁의 승패에 도움도 되지 않는다.

　그럼에도 불구하고 목표에 대해 이야기한 것은, 목표를 정하고 그것에 매진했던 경험은 자신에게 도움이 되기 때문이다. 목표를 달성하기 위해 계획을 짜고 치열하게 노력했던 과정은, 실행력을 높여준다. 그렇게 해서 높아진 실행력은 새로운 꿈을 달성할 수 있는 가능성을 높여준다. 세상에는 단 한 번의 시도로 해낼 수 있는 것은 많지 않다.

　걱정하지 말자. 우리에겐 항상 플랜B가 있다. 몇 번을 실패하더라도, 마지막에 한 번 성공하면 그만이다.

목표는 장소일수도 있고 방향일 수도 있다

우리는 목표를 어떤 지점으로만 생각하기 쉽다. 뭐가 되는 것, 재산이 얼마가 되는 것, 무엇인가를 내 손에 쥐는 것, 어떤 일을 해내는 것 등을 목표로 하는 것이다. 하지만, 목표는 삶의 태도나 원칙이 될 수도 있다.

"행복은 장소가 아니라 방향이다.
Happiness is a direction, not a place"
- 시드니 J 해리스 미국 저널리스트

목표가 무엇을 달성한 상태를 말한다면, 그것을 달성하기까지의 삶은 항상 부족, 불만, 스트레스로 가득할 것이다. 하지만 어떤 삶을 사는가를 기준으로 한다면, 하루하루 만족스러울 수 있고 행복을 느낄 수 있다.

그렇기에 회사 생활에 있어서도 원칙이 중요한 것이다. 원칙을 정하고 그것을 실천하는 생활을 한다면 아직 목표는 이루지 못했지만 만족스러운 하루가 될 수 있다. 원칙 그 자체, 아니면 원칙을 관철시키는 삶을 사는 것 자체가 목표가 될 수도 있는 것이다.

회사도 임원이 되면, 연봉 얼마 이상이 되면 성공이 아니다. 또한 그것을 위해 하루하루를 희생하는 것도 의미가 없다. 하루하루가 불행하고 스트레스로 가득한데, 어느 날 무엇이 되었다고 갑자기 행복해질 수 있다고 생각하는가? 만약 그것이 행복하더라도 그동안의 행복하지 않았던 날들이 모두 보상된다고 생각하는가?

행복은 하루하루를 어떻게 보내는지에 따라 결정된다. 어제에 만족하고, 오늘은 안도하고, 내일은 뭔가 좋은 일이 있을 것 같은 날이 계속되어야 행복할 수 있다.

리더의 행동은 말없이 모두에게 말을 건넨다

등대 같은 리더가 되기 위한 두 번째 임무는, 동기부여이다.

리더가 된다는 것은 상사보다 부하의 수가 월등하게 많다는 것이다. 이는 받을 수 있는 것보다 베풀 수 있는 것이 많아졌다는 것이다. 이제 자신이 직접 이룬 성과로 평가받는 것이 아니라, 자기 밑의 사람들에게 얼마나 영향을 미쳤고, 어떻게 변화시켜 성과를 이끌어냈는지 평가받는다.

> *"우리는 얻는 것으로 생계를 유지하지만*
> *We make a living by what we get*
> *인생은 우리가 베푼 것으로 만들어진다*
> *But we make a life by what we give"*
> – 윈스턴 처칠 영국 총리를 지낸 정치가

리더로서 해야 하는 일 중에서 가장 중요한 것이 동기부여이다. 성공적으로 동기부여가 되면, 조직원은 정열을 가지고 일에 임할 것이다. 회사는 여러 사람의 일이 하나가 되어 결과를 만들어 내기에, 사람들을 일하고 싶도록 만드는 것은 성공의 원동력이 된다.

정열은 책임과 권한이 함께 주어진 상태에서, 결과에 대한 적절한 피드백이 주어질 때 생긴다. 권한이 없으면 사람은 자기를 큰 기계 안에 있는 하나의 부품으로 느끼게 된다. 피드백이 없으면 의욕과 집중력을 유지하기 힘들다. 사람은 올바른 일을 하고 있다는 것을 확신하기 위해서도 피드백이 필요하다. 또한, 책임이 주어져서 절박함이 있어야 긴장감을 유지할 수 있다. 동기부여는 이렇듯 여러 요인을 생각해야 하는 어려운 활동이다.

동기부여가 성공했음을 어떻게 알 수 있을까? 가장 믿을 수 있는 지표는 '또다른 리더를 만들어 냈는지'일 것이다. 리더가 팀원을 올바르게 이끌어 동기부여가 제대로 되었다면, 팀원 중에는 리더가 되길 열망하고, 그에 필요한 역량을 구축한 사람이 나타날 것이다. 이런 사람이 자연스럽게 육성된다면, 그 리더는 제 역할을 다한 것이다. 레오나르도 다빈치도 **'스승을 뛰어넘지 못하는 제자는 이류'**라고 했다. 스승을 뛰어넘는 제자를 키워내야 스승 본인도 일류가 되는 것이다.

> *"리더의 가장 중요한 업무는 리더를 만들어 내는 일이다."*
> – 게리 해멀, 빌브린 *'경영의 미래'*저자

솔선수범은 최상의 도구이다

팀원은 팀장의 말을 무시할 수 없다. 인사권을 가지고 있기 때문이기도 하지만, 조직의 실무적인 실행에 관한 것을 결정하는 것은 팀장이기 때문이다. 팀원은 팀장이 하는 말은 귀를 기울이고, 팀장의 모든 행동을 관찰하고, 팀장의 생각을 읽으려고 한다.

비즈니스 캐주얼이 회사의 방침임에도 정장을 고수하는 팀장이라면, 복장이 업무태도에 영향을 준다고 생각하는 사람일 수 있다. 팀장이 문제 있는 부하에 대응하는 것을 보고 팀장의 상벌기준을 파악할 수 있고, 팀장이 요구하는 서류의 완성기한이 곧 팀의 업무 스피드가 된다.

팀장의 일거수일투족은 팀의 기준이 되고, 그것이 굳으면 알게 모르게 팀문화가 되는 것이다. 그래서 리더는 자신의 행동이 조직에 미치는 영향력과 중요성을 인식하고 행동해야 할 필요가 있는 것이다. 리더의 솔선수범은 팀원을 움직이게 하는 가장 강력한 동기부여 도구이다.

리더가 아무리 뛰어난 생각을 가지고 있어도, 생각만으로는 직원들에게 전달되기 힘들다. 말로 전달해도 받아들이는 사람에 따라 이해하는 바가 틀릴 수 있다. 하지만 행동으로 직접 보여주는 것은, 누구에게나 직감적으로 정확하게 전달된다.

> *"훌륭한 사상은 생각이 깊은 사람에게만 말을 걸지만,*
> *훌륭한 행동은 모든 인류에게 말을 건다."*
> -시어도르 루즈벨트 미국 32대 대통령

리더 중에는 회의 석상에서는 그럴싸한 철학을 설파하지만, 실제

자신의 행동은 그 말과 다른 경우도 많다. 말에 책임을 진다는 것은 그 말을 행동으로 증명하는 것이고, 증명된 말만이 힘을 가진다.

기업교육 전문기업인 휴넷에서 2020년에 직원 567명, CEO 135명을 대상으로 어떤 리더가 최악의 리더인지 조사했다. 직원의 40.7%, CEO의 55.6%가 뽑은 1위는 '말과 행동이 다른 언행불일치형' 리더였다. 현실에서도 솔선수범을 실천하지 못하고 있는 리더가 많다는 것이고, 많은 회사원이 이를 엄격하게 심판하고 있다는 것을 알 수 있다.

리더의 행동은 모든 것이 크게 증폭되어 영향을 미친다. 하나의 행동은 10명, 20명의 팀원이 볼 것이고, 한 번 한 말은 다른 사람에 의해 5번, 10번 반복되어 재생될 것이다. 더군다나 말은 덧셈이 아니라 곱셈과 비슷하다. 곱셈은 얼마나 계산식이 길어도 중간에 음수가 한 번 곱해지면 결과치도 음수가 된다. 항상 좋은 말을 해도 한 번 잘못된 말이 나가면, 모든 말이 순식간에 다르게 받아들여질 수 있다.

그렇기에 근본이 부실한 것을 순간순간의 말이나 기지로 보완하는 것에는 한계가 있다. 팀장은 일과 상관없이 어느 정도 모든 사람이 존경할 수 있는 인간적인 기본을 갖추기 위해 노력해야 한다.

"볼 때는 밝게 볼 것을 생각하고

들을 때는 똑똑하게 들을 것을 생각하고

얼굴빛은 온화하게 할 것을 생각하고

태도는 공손할 것을 생각하고

말을 할 때는 진실하게 할 것을 생각하고

일할 때는 공경스럽게 할 것을 생각하고

의심이 날 때는 질문할 것을 생각하고

화가 날 때는 어려움을 생각하고

이득이 되는 것을 보면 그것이 의로운지 생각한다."

– 논어 '계씨'

작은 조직의 리더와 큰 조직의 리더는 필요한 리더십에 차이가 있다. 5~7명 규모의 팀은 일만 제대로 굴러가도 관리가 된다. 그러나 10명이 넘어가면 일에서 문제가 발생하는 것이 아니라 사람에게서 문제가 발생한다. 그렇다고 10~20명 모두에게 지속적으로 코칭을 하거나 문제해결을 시도할 수는 없다. 그렇기에 리더로서는 솔선수범으로 기준을 제시하고, 팀원들을 동화시키는 것이 가장 효율적이다.

꼰대적 한마디 16
회사를 그만두기 위해 필요한 것

회사에 다니면서 많은 사람들이 회사를 나갈까 말까 고민하는 것을 보았다. 더 이상 회사에서의 성장을 바랄 수 없거나, 힘들어 더 이상 버틸 수 없을 때, 다른 회사로 이직하거나 개인사업을 고민한다. 그러나 대부분의 경우, 안정적인 월급을 당장 포기하기 힘들어 쉽게 결심하지 못한다.

일본 최대 코미디언 전문 연예기획사에서 운영하는 코미디언 양성학교는 매년 1,400명 정도의 졸업생을 배출한다. 대부분의 졸업생은 소규모 극장에서 공연을 하거나, 재래시장 이벤트, 온천 여관의 단체 여행객 회식 이벤트 등에 불려 다니지만, 차비와 의상비를 벌기도 버거운 것이 현실이다. 5년, 10년 무명으로 고생하다가, 운 좋게 방송국 눈에 띄어 예능프로그램에서 10초라도 개인기를 할 수 있는 기회가 주어지면 그나마 성공한 축에 든다. 상황이 이러다 보니, 포기할지, 계속 꿈을 쫓아 갈지 연예계 선배에게 조언을 구하는 경우도 많다.

"누구나 노력은 하고 있다. 남은 것은 재능.
이대로 노력을 계속할 수 있을지 고민하고 있는 사람은
꿈을 쫓아가서 실패했을 때를 걱정하고 있다.
성공하는 사람은 망설이지 않는다.

그것은 꿈을 계속 쫓아가서 만약 모든 것을 잃어버려도
자신이 그것을 받아들일 수 있는 각오가 되어 있기 때문이다.
나라면 "그만두어라."라고 말한다.
상대의 마음을 편하게 하는 것은 '진통제'일 뿐, '치료제'가 아니다."
- 시마다 신스케 일본 코미디언

일본 코미디언 계에서 최정상급에 속하는 시마다 신스케가 후배들에게 하는 말이다. 실패했을 때의 고통까지도 받아들일 수 있다는 각오가 되어 있는 사람만이 끝까지 해 볼 수 있고, 그런 사람들 중 일부만 성공하는 것이다.

회사를 그만두고 다른 일을 하고 싶은데 성공할지 말지 몰라 고민하고 있는 사람이 있다면, 그냥 회사를 다니라고 말해주고 싶다. 회사 밖 세상에서는, 이것밖에 길이 없다고 생각하고 그것에 매진하는 사람, 실패하면 당장 자기 밥값과 월세를 걱정해야 하는 사람, 그럼에도 끝까지 자신의 꿈을 위해 버티고 있는 사람들과 경쟁해야 한다. 그냥 지금 상황이 싫어서 도피한 사람이 이길 수 있는 판이 아니다.

올바른 리더십

등대 같은 리더가 되기 위한 세 번째 임무는, 올바른 리더십을 가지는 것이다.

이 책을 쓰고 있는 오늘, 구글 검색창에 '직장 상사'를 입력해 보니, '스트레스', '갈굼', '가스라이팅', '복수', '꿈'과 같은 단어들이 자동 완성으로 뜬다. 직장상사가 꿈에까지 쫓아와 괴롭혀, 달콤한 복수를 꿈꾸는 사람이 많은가 보다. 그만큼 세상에는 직장 상사에 대해 불만을 가진 사람들이 많다.

많은 부하를 관리해야 하는 위치에 올랐다면, 가장 필요한 것은 리더십이다. 리더십은 결국 사람들이 원하는 것을 얻게 만들기 위해, 그들이 하기 싫은 일을 하도록 이끄는 방법이다. 이게 쉬울 리가 없다. 지금까지 실무적으로 아무리 유능했다고 해도, 이런 일을 잘 한다는 보장도 없다.

일을 잘하는 것과 사람을 잘 이끄는 것은 완전히 다른 것이다. 손흥민 선수가 소속된 토트넘을 이끌었던 무리뉴 감독은 FIFA나 프리미어리그 등에서 22번 최고의 감독으로 선정되어 상을 받았지만, 선수 시절에는 그저 그런 선수였다. 기자가 무리뉴 감독에게 만약 선수 무리뉴를 만난다면 기용할 것이냐고 질문했을 때, 그는 **"절대 안 쓴다. 다른 팀에서 획득을 원한다면 이적료 없이 방출하겠다"**고 할 정도다.

어떤 리더십이 이상적인 걸까? 조직의 규모, 업무의 성격, 조직문화 등에 따라 이상적인 리더십과 그것을 달성하기 위한 기법은 다를 것이다. '이 사람과 함께 라면 잘 될 수 있겠다'는 생각이 들게 하는 리더는 좋은 리더이다. 하지만, '이 사람과 함께 라면 일이 잘못되어도 후회 안 한다'는 정도의 절대적인 믿음을 줄 수 있다면, 진정으로 성공한 리더십이라 할 수 있을 것이다.

리더십은 독백이 아니라 대화이다

리더십이라고 하면 뛰어난 비전을 가지고, 열정을 통해 조직원들이 목표 달성에 매진하도록 만드는 것이라고 생각하는 리더들이 많다. 자신의 비전을 강요하며, 자신이 가진 열정만큼 부하도 똑같은 열정을 가지고 업무에 임하기를 원한다. 그러다 보면 자연스럽게 일방적으로 자기 말만 하게 되어 버린다. 하지만, 상대가 납득하고 이해하지 못하는 말은 허공에 뿌린 독백과도 같다.

자기가 하고 싶은 말을 다 한 후의 상대방 침묵은, 동의가 아닌 경우가 많다. 상대를 침묵시켰다고 해서 그 사람의 의견을 변화시킨 것은 아니다. 그냥 침묵하는 것이 덜 귀찮고, 더 안전하고, 문안한 처세이기 때문일 뿐이다. 또한, 상대에게 발언 기회를 한 두 번 준다고 해서 지적질이나 훈계가 대화로 변하지는 않는다.

이루고자 하는 것이 있으면 대화를 해야 한다. 대화는 말을 주고받는 것이며, 상대를 존중해야 가능하다. 상대를 그저 내 지시대로 움직이는 수족이 아니라, 동등한 관계지만 역할이 다른 사람으로 생각하는 것이 존중이다. 이런 마음이 있다면, 부하에게 일방적으로 지시하는 것이 아니라 부탁한다는 마음가짐을 가지게 되며, 부하가 지시한 업무를 완료했을 때는 감사하는 마음을 가지게 된다. 그리고, 감사하는 마음을 전해야 바로서 존중은 완성된다. 이런 존중이 바탕이 되면, 자연스럽게 대화를 할 마음가짐이 준비될 것이다.

리더십은 카리스마가 아니다. 카리스마가 제대로 기능하는 것은 후진국의 독재자뿐이다. 리더는 부하의 공감과 자발적 참여를 이끌어내는 고도의 심리전이 필요한 것이며, 그 바탕에는 상대에 대한 존중이 깔려 있어야 한다.

조직의 비전도 혼자 정하고 하달하는 것이 아니라 대화를 통해 다듬어야 한다. 예전에 학교에서 급훈은 담임선생님이 일방적으로 정하고 액자에 넣어 교실 앞에 걸어 놓으셨다. 하지만, 몇 년 후에 그 급훈이 기억나는 경우는 거의 없다. 요즘은 급훈도 학생들이 스스로 의견을 모으고 선생님과 같이 정한다. 그러다 보니, '오늘 흘린 침은, 내일 흘릴 눈물' 같은 재미있으면서도 뼈 있는 급훈도 많이 생겨날 수 있는 것이다.

"오케스트라의 지휘자는 정작 아무 소리도 내지 않는다.
그는 얼마나 다른 이들로 하여금 소리를 잘 내게 하는가에 따라
능력을 평가받는다."
– 벤젠더 보스턴 필하모닉 지휘자

자신이 좋은 소리를 내는 것이 리더십이 아니다. 그렇다고 좋은 소리를 못 내는 사람에게 막무가내로 연습을 강요하거나, 강압적으로 연주 방법을 바꾸도록 지시하는 것도 아니다. 다른 사람의 잠재력과 가능성을 끌어내어 스스로 좋은 소리를 찾게 하는 것이 리더십이며, 그러기 위해서는 많은 대화를 하고 생각을 주고받아야 하는 것이다.

조직을 이끌기 위해서는 규칙과 기준이 필요하나, 이 역시 일방적으로 정하고 강요한다고 지켜지는 것이 아니다. 회사는 어린이 집이 아니다. 무엇을 위한 규칙인지도 모르면서 따라 주지는 않는다. 왜 규칙을 따라야 하는지 납득이 되어야 움직일 것이다. 대화를 통해 이유를 납득시키고, 그것이 가장 좋은 길이라는 것에 서로 합의해야 된다.

겸손한 리더십

'겸손'이라는 단어를 표준국어대사전에서 찾아보면, **'남을 존중하고, 자기를 내세우지 않는 태도'**라고 정의하고 있다. 리더십은 여러가지 유형이 있고, 정답은 없지만, 내가 생각하는 이상적인 리더십에 굳이 이름을 붙인다면 '겸손한 리더십'이 될 것이다.

겸손하다는 것은 자신이 남보다 부족한 것이 있을 수 있다는 마음가짐이다. 부족한 것이 없다면 남의 의견도 들을 필요가 없다. 부족한 것이 없으니 더 이상 발전시킬 것도 없다. 그렇기에 자신의 부족함을 인식하는 겸손함은 리더십을 어떻게 구축할 것인가에 대한 좋은 출발점이 될 수 있다.

　개인적으로는 70%의 자신감과 30%의 불안 정도가 가장 이상적인 배합이라 생각한다. 50%를 넘는 확신으로 항상 적극적으로 행동하지만, 30%가 결코 적은 비중은 아니기에 항상 자신과 주위를 뒤돌아본다. 그리고, 30%를 자신감으로 바꾸려고 노력하기에 계속 성장할 수 있는 것이다.

　요즘은 자기 어필을 적극적으로 권장하는 시대다. 자신감 있는 행동이 성공의 노하우인 것처럼 이야기하는 책도 많다. 프레젠테이션을 할 때는 다소 근거가 부족해도 결론에 대한 확신을 심어 주어야 하고, 회의에서는 주저없이 의견을 개진해야 능력 있는 사람으로 인식되는 분위기가 있는 것도 사실이다. 물론 자신감은 중요하나, 겸손함이 없으면 자기 발전도 어렵다.

　회사에서 진행되는 일의 성과는 나 혼자만의 노력으로 쟁취한 것이 아니다. 일을 하는 과정에서 수많은 어려움과 운이 교차하며, 많은 사람의 노력과 배려가 하나로 수렴하여 성과로 이어지는 것이다. 바꾸어 말하면, 리더십을 발휘하여 많은 주변 사람의 노력과 헌신을 이끌어내고 팀원의 재능을 키우는 데에 주력해야 일을 성공시킬 수 있는 것이다. 한마디로 뛰어난 리더는 자기 스스로 스타가 되려고 하지 않는다. 오히려 다른 사람들을 빛나게 해준다.

　그런데, 이런 리더는 사람들의 기억에 잘 남지 않는다. 스티브 잡스와 팀 쿡을 비교하면 이해가 갈 것이다. 카리스마가 넘치고, 항상 모든 일의 중심에서 화려한 조명에 감싸여 있어야 만족하고, 자기 아이디어에 대한 절대적인 복종을 요구하고, 심지어 다른 사람의 아이디어도 자신의 아이디어인양 거침없이 말했던 스티브 잡스는 여전히 많은 매체에서 리더십의 롤모델로 언급되고 있다.

이에 반해, 대중 앞에 잘 나서지 않고, 많은 사람의 의견을 수렴하여 기업 전체의 최적화를 위해 조용하게 매진한 팀 쿡에 대해서는 세상의 관심이 현격하게 낮다. 스티브 잡스가 없는 애플은 더이상의 혁신도 없고 쇠퇴의 길을 걸을 거라는 전망에도 불구하고, 팀 쿡은 미국 기업 최초로 애플을 시가총액 1조달러를 돌파한 기업으로 성장시켰지만, 사람들이 기억하는 것은 스티브 잡스일 것이다.

카리스마에 의한 리더십을 부정하는 것은 아니다. 어떤 조직문화에서는 그러한 리더십이 가장 큰 영향력을 발휘할 수도 있을 것이다. 하지만, 카리스마에 근거한 리더십은 많은 사람들이 실천하기 힘든 면이 있다. 개인의 캐릭터가 바탕이 되어야 하기 때문이다.

이에 반해 겸손함이라는 것은 많은 사람들이 이미 가지고 있는 특성 중의 하나이다. 소극적이고 자신감 없는 사람이 카리스마를 발휘하기는 어렵지만, 거만하고 자신감 넘치는 사람도 조금만 노력하면 겸손을 흉내 낼 수 있다.

겸손한 리더십이란,

• 나의 생각이 절대적으로 옳다는 오만을 버리고, 팀원의 이야기를 들어준다. 편하게 소통할 수 있는 환경을 만들고, 인내심을 가지고 끝까지 들어준다.

• 팀원의 노고가 월급에 대한 당연한 대가라고 생각하지 않는다. 같은 월급을 받아도 각자의 진심과 노력에는 차이가 있고, 그 차이에 대해서는 감사한 마음을 가지고 마음을 전한다.

• 피드백은 일에만 초점을 맞추어 솔직하게 한다. 남의 인격에 대한 언급은 자신의 인격적으로 우월하다는 자만심이 녹아 있다.

• 본인의 실수에 대해서도 솔직하게 인정한다. 업무에 있어서 누구에게나 동일한 평가 잣대가 적용되어야 한다. 자신의 실수에 관대한 사람은, 이미 자신을 특별하게 생각하고 있는 것이다.

• 팀원을 목표달성을 위한 도구가 아닌, 같이 인생을 보내는 동반자로 생각하고, 관심을 가지고 배려한다.

등을 실천하는 것일 것이다. 어느 하나 특별한 것도 없고, 지극히 상식적인 것들이다. 마음만 먹으면 내일부터라도 당장 할 수 있는 것들이다. 위의 다섯가지 항목의 최대공약수는 팀원에 대한 존중과 감사이다.

"감사는 정중함의 가장 아름다운 표현이다.
Gratitude is the most exquisite form of courtesy."
- 자크 마리탱

그러나 현실에서는 많은 리더가 일방적인 지시를 일삼고, 부하 의견에 대해 피드백도 없이 묵살하고, 난처한 상황을 회피하기 위해 솔직하지 않은 소통을 하기도 한다. 부하의 일은 월급 받는 사람의 당연한 의무라는 생각으로 팀원의 헌신을 당연시하며, 칭찬하거나 감사를 표시하지 않는다. 업무적 과실임에도 그 업무를 한 팀원에 대해 인격적 비난을 하기도 한다. 반대로 본인의 실수에 대해서는 외면하거나 다른 사람에게 책임을 전가하기도 한다. 본인의 승진을 위해 무리하게 성과를 염출하고 그 성과를 자신의 공으로 떠벌리고 다니기도 한다. 그러면서도 매일 자신을 위해 애쓰고 있는 팀원에 대해서는 무관심한 리더도 있다.

더 좋지 않은 현실은, 이런 행동을 일삼으면서도 그것이 얼마나 비상식적인지 무감각한 리더도 많다는 것이다. 이 중에서도 본인의 평가나 보신을 위해 상사와 부하들을 오가며 서로 다른 말로 곤란한 상황을 모면하거나, 책임은 부하에게 전가하고 성과는 마치 본인 혼자의 노력인양 말하고 다니는 사람도 있다. 위에서 열거했던 겸손한 리더십과 상반되는 행동들이다.

> *"좋은 리더는 책임질 때는 자기 몫 이상을 지고,*
> *공을 세웠을 때는 자기 몫 이상을 다른 사람에게 돌린다.*
> *A good leader takes a little more than his share of blame"*
> *A little less than his share of the credit*
> *- 아놀드 글래스노 Arnold H, Glasgow 미국 사업가*

리더가 된다는 것을 특권을 부여받았다고 착각하는 사람이 있다.

처음에는 합리적이었던 리더도 시간이 지날수록 점점 높은 지위로 인해 얻어지는 편안함에 익숙해져 상식을 지키려는 노력을 게을리하는 사람도 있다. 겸손한 리더십이란 대단한 기법도 아니고, 혁신적인 방법론도 아니다. 단지, 상식적 사고로 합리적으로 조직을 운영한다는 지극히 상식적인 것이고, 이미 모두가 알고 있는 사항이다.

이러한 겸손한 리더십은 부하직원들에게도 쉽게 전해진다. 리더가 겸손하게 행동할 때 직원들도 겸손함을 보이고 실수를 인정하며, 타인과 공을 나누고 타인의 아이디어와 피드백을 더 잘 수용하게 된다. 팀원들에게 겸손함이 전파되고 정착되면, 그게 바로 그 조직의 조직문화가 되는 것이다.

일단 존중의 문화가 조직문화로서 정착되면, 그 조직문화가 성과에 긍정적 영향을 미치는 선순환이 이루어진다. 리더의 솔선수범은 그래서 중요하다.

꼰대적 한마디 17
존중은 이해부터 시작된다

겸손은 상대방에 대한 존중에서부터 시작되고, 진심으로 존중한다는 것은 상대방을 전력을 다해 이해하는 것에서부터 시작된다. 나이 많은 사람에게 많이 듣는 말 중 하나가 "요즘 젊은 직원과 일하기 힘들다."는 것이다. '90년생이 온다'는 책이 베스트셀러였던 것을 보면, 이런 고민을 하고 있는 사람이 정말 많은 것이다.

'같이 일하기 힘든' 그 세대는 태어날 때 이미 인터넷이 생활의 기본 도구였고, 학창시절엔 가족이나 친구와 핸드폰의 SNS 앱을 통해 소통하는 것이 당연한 세대이다. 해외여행이나 제주도 여행이나 큰 차이를 못 느끼는 사람들이다.

마케팅 업계에서는 이런 20대를 C세대로 부르기도 한다. 그들은 스스로 콘텐츠Contents를 만들어내는 것에 익숙하며, 창의성Creative을 기본적인 소양으로 생각한다. 또한 스스로의 역량 중 창의성의 비중을 높게 생각하며, 성공을 위해서는 창의성이 가장 필요하다고 생각한다. 또한, 남과의 연결Connect을 중요시하며, 팔로워 수, 댓글이나 SNS의 '좋아요' 등 타인의 관심과 평가를 소중한 자산으로 생각하고, 그런 것들을 통해 동기부여가 된다.

세대마다 생각에 많은 차이가 있는 것은 사실이다. 시대가 다르고, 경험이 다르다. 그러나, 같은 경험을 공유해야 공감할 수 있는 것은 아니다. 공감하고자 하는 노력을 조금이라도 한다면 가까이 갈 수 있고, 상대방 행동을 이해할 수 있는 단서를 찾을 수 있다.

얼마전에 '미드90'이라는 영화를 보았다. 한 소년이 스케이트보드를 통해 성장해 나가는 영화인데, 그 당시에 한국도 스케이트보드의 한 종류인 롱보드에 대한 동영상이 SNS에 인기있는 동영상으로 자주 올라와서 관심을 가지게 되었다. 그냥 바퀴 달린 나무 판에 올라타고 달리는 것인데 뭐가 대단하다고 이렇게 많은 사람의 감성을 자극하는지 이해되지 않았다. 하지만, 실제로 타보니, 무엇이 그들을 자극하는지 막연하게나마 알 것 같은 느낌이 들었다.

처음 타 본 날, 어느 정도 보드 위에서 균형을 잡을 수 있게 되어, 보드를 타고 앞으로 가는 상태에서 보드를 수평으로 180도 돌리는 비교적 쉬운 기술을 시도해 보았다. 보드 앞부분에 무게를 실어, 뒷부분을 살짝 뜨게 하고, 팔의 반동으로 몸과 보드를 반 바퀴 돌리면 된다. 하지만, 돌리려 할 때마다 보드는 뜨지 않고 내 몸만 떠서 땅바닥에 쓰러진다. 잘 타는 사람들이 현란한 기술을 구사하고 있는 동영상을 보면, 그들은 보드와 함께 가볍게 허공으로 날아오르는데, 나의 보드는 땅바닥에서 떨어지지가 않는다. 여러 번 넘어지면서 느낀 것은, 만약 스케이트보드를 정말 잘 타게 되면, 24시간 나를 지배하고 있는 중력에서 순간적으로 벗어난 듯한 쾌감을 느낄 수 있지 않을까 하는 것이다. 그래서 중력과도 같이 자기를 잡고 있는 기존 세대의 가치관이나 고정관념, 사회적 억압에 지친 젊은 세대에게 인기가 있는 것이 아닐까?

스케이트보드를 타는 사람, 90년대생, 꼰대들을 완전히 이해할 수는 없지만, 이해하려는 노력을 해야 존중하려는 마음이 생긴다.

회사에서도 새로운 세대의 특성을 제대로 알고 이해해야 올바른 존중이 가능하다. C세대에게는 모든 것을 지시하기 보다는 어느 정도 창의성을 발휘할 수 있는 부분을 위임하고, 업무에 대해서는 자주 피드백을 하여 자신의 업무가 소중하게 다루어지고 있으며, 팀이라는 네트워크에 연결되어 있다는 실감을 주어야 할 것이다.

젊은 세대에 대한 이해도 중요하지만, 자기보다 나이 많은 사람에 대한 이해도 필요하다. 각 세대는 그들만의 시대적 배경이 있고, 그 시대를 살아오면서 몸에 배인 상식이 있다. 지금의 시대적 분위기와 맞지 않는다고 무조건 부정하거나 폄하하는 것이 아니라, 공감할 수 있는 공통분모를 찾고 이해하려는 노력을 해야 한다.

사람은 같은 동네를 여행해도 지나온 길에 따라 그 동네를 다르게 본다. 자신이 걸어온 길이 그 동네의 전체가 아니고, 자신이 있는 곳이 세상의 중심이 아니라는 겸손함과 열린 마음을 가져야 한다. 아무리 훌륭한 코칭 기술이나 리더십도, 상대에 대한 존중과 이해가 없다면 제대로 기능하지 않을 것이다.

사실, 존중은 이해나 동의가 필요 없다. 이해할 수 있기에 존중해야 하는 것도 아니며, 상대 의견에 동의하기 때문에 존중해야 하는 것도 아니다. 상대편 입장에서는 내 생각이 이해할 수 없고 동의할 수 없는 것일 수 있지만, 그렇다고 무시당하고 싶은 사람은 없을 것이다.

나는 당신 의견에 반대한다.

하지만,

당신이 그 말을 할 수 있는 권리를 위해 당신과 같이 싸우겠다.

– 볼테르 프랑스 철학자

이제는 철학자가 될 때

회사에서 자리가 변하면, 일의 범위와 책임져야 할 부분이 달라지기 때문에, 일하는 방식과 생각도 변해야 한다.

실무자일 때에는 자기 발 밑만 보고 걸으면 되지만, 리더는 뒤따라 같이 걷고 있는 사람들을 위해 망원경을 가지고 먼 곳을 살펴보며 걸어야 한다. 실무자일 때는 업무에 대해 상세 사항을 검토하고, 추진 현황을 점검하고 실적을 관리하는 등 현재와 어떻게^{How}에 집중하는 경우가 많다. 하지만, 리더는 보다 먼 곳을 내다보며, 넓은 시야를 가지고 회사의 미래를 만들어가야 한다. 무엇을 해야 하는가^{What}와 왜 해야 하는가^{Why}를 고민해야 하는 것이다.

그리고, 팀원에게 실현하고 싶은 이상이 무엇이고, 그것을 왜 해야 하는지를 제시해서 납득시키는 노력이 필요하다. 의미를 모르고 하는 일은 단순 막노동일 뿐이며, 막노동자은 지시받은 일만 처리한다. 하지만 팀원이 무엇을 왜 하는지에 공감하면, 모두가 그것을 이룰 방법을 같이 고민하고 새로운 방법을 찾게 될 것이다.

꼰대라고 불릴 정도의 경력이라면 이제 당신보다 높은 위치에 있는 사람은 많지 않을 것이다. 그렇기에 미래를 어떻게 보느냐가 회사의 앞날에 많은 영향을 미친다. 자신의 위치와 영향력을 바르게 인식하여 생각하고, 그 생각을 행동으로 보여줄 때인 것이다.

높은 위치에서 회사를 변화시킨 것들은, 오랜 시간 영향을 미친다. 장기적 투자나 제도 변경 등은 당장은 무엇에 얼마나 영향을 미치는지 알기 힘들지만, 그렇다고 아무것도 하지 않는 것은 미래에 발생할 수 있는 손실을 막기 위한 조치를 포기하는 것이다. 이건 극단적으로 말하면 '업무상 배임죄'이다. 지금 당장은 투자만 늘어나서 손익은 악화되고 성과는 저평가되어, 결과적으로 나에게 악영향이 미칠 수도 있지만, 투자는 미래에 보상받게 되어 있다.

중요한 것은 올바른 투자를 하는 것이다. 그래서 높은 자리에 있는 사람은 장기적 안목과 그에 따른 전략적 판단이 절실하게 필요하다.

> "누군가가 오래전에 심은 나무 덕분에,
> 누군가는 오늘 그늘에 앉을 수 있다.
> *Someone is sitting in the shade today*
> *because someone planted a tree a long time ago.*"
> - 워렌 버핏 *Warren Buffett* 미국의 기업인이자 투자자

장기적 안목과 전략적 판단을 잘 하기 위해서는 무엇이 필요할까? 앞에서 언급했던 인사이트가 필요하고, 인사이트를 키우기 위해서는 철학이 필요하다. 철학은 칸트나 데카르트의 이론을 공부하는 것이 아니다. 세상을 자신만의 시각으로 해석하고 이론을 구축했던 위대한 철학자들처럼, 이 세상을 해석하는 자신만의 이론을 구축하는 것이 철학이라고 생각한다. 칸트는 자신이 살았던 시대를 분석하고, 그

세상을 설명할 수 있는 하나의 이론을 도출해낸 사람들 중 전세계적으로 유명해진 사람일 뿐이다.

경영전략을 수립할 때도, 조직문화를 구축할 때도, 사람을 뽑을 때도 자신만의 철학이 있어야 한다. 그리고, 그 철학이 맞다는 확신을 가지고 자신의 철학을 조직에 전파해야 한다.

> *"우리는 개인이 이룩한 업적을 인정하고 축하합니다.*
> *우리는 공개적으로 개인과 팀이 이룩한 성과를 축하하며,*
> *그들의 성과가 코닥의 성공에 기여함을*
> *진심으로 감사하게 생각합니다."*

이것은 코닥의 핵심가치이다. 그러나, 코닥의 직원이었던 스티브 세손이 세계 최초로 디지털 카메라를 만들었을 때, 담당 매니저는 성의 없는 인사치레만 하고 다른 급한 업무를 하라는 지시를 내렸고, 경영진은 발명을 비밀로 하고 다른 사원들에게도 말하지 말라는 지시를 했다. 직원의 발명을 뻘짓거리로 치부해 버린 것이다. 성과를 공개적으로 축하하고, 직원의 기여에 진심으로 감사한다는 핵심가치는 흔적도 느낄 수 없는 처사이다. 결국 디지털카메라의 보급 때문에 코닥이 쇠망의 길을 걷게 된 것을 보면 아이러니 하다.

3M의 포스트잇이 접착제 개발과정에서 만들어진 실패작으로부터 시작되었다는 것은 너무나 유명한 일화이다. 그런 3M의 핵심가치가 뭐였을까? 바로 **'솔직한 실수에 대한 관용**Tolerance for honest mistake**'**이

다. 3M은 핵심가치가 제대로 기능하여, 회사를 세계적 기업으로 성장시키는 발판을 만들었다.

이렇듯 철학을 어떻게 설정하느냐, 그리고 그 철학을 조직에 얼마나 잘 침투시키냐는 것은 조직의 생사를 가를 수도 있다.

팀원이 일을 하다 보면, 상황이 너무 복잡해서 무엇이 올바른 것인지 판단을 못할 때가 있을 수 있다. 신속하게 판단해야 하는데, 고려해야 할 것이 너무 많아 시간이 부족한 경우도 있다. 이런 경우에 대처하기 위해 리더는 어떤 어려운 장면에서도 판단의 기준이 될 수 있는 경영철학을 제시하고 팀원이 그것에 따라 행동하도록 해야 한다. 어떤 경우에도, 그 무엇보다도 우선시되는 원칙이 있으면 판단은 의외로 쉬워지고, 업무는 한 방향을 향해 신속히 진행될 수 있다.

> "폭풍을 만난 항해사가 북극성을 보고 올바른 북향을 찾는 것처럼,
> 경영철학과 핵심가치는 기업이 생존을 위협받는 어려움 속에서
> 나아갈 방향을 알려주는 나침반과 같다"
> – 오릿 가디시 *Orit Gadiesh* 베인 앤 컴퍼니 *CEO*

회사의 모든 활동은 철학에서부터 시작되고, 모든 판단은 그 철학이 바탕이 된다. 경영은 숫자로만 이루어진 것이 아니기에 회사를 이끄는 리더라면, 자기만의 철학이 있어야 한다.

지금, 당신의 철학은 무엇인가요?

에필로그

1.

내가 경험한 것은 전세계의 무수한 기업 중 하나일 뿐이다. 회사나 업종에 따라 기업문화와 시스템에 큰 차이가 있어서, 한정된 경험을 바탕으로 일반화해서 이야기를 풀어나가는 것에 대해 많은 망설임이 있었다.

그러나 사람 사는 세상, 겉으로 드러나는 것은 많은 차이가 있지만, 결국엔 하나의 공통 원리가 있다고 생각한다. 자연에서 지역에 따라 식물, 동물의 모습은 제각각 다르나, 차이를 만들어낸 밑바탕에는 진화라는 공통의 자연법칙이 있듯이 말이다.

그래서 단편적인 현상이나 상황에 따른 대응 방법에 대한 이야기는 최대한 피하고, 어떻게 하면 꼰대가 아닌 리더가 될 수 있을지에 대한 고민을 담았다. 기법은 시간이 지나면 변한다. 한 때 보고서는 무조건 한 장으로 만들라는 책이 베스트셀러였고, 어떤 때는 스토리텔링 보고서의 효과를 역설하는 책이 베스트셀러였다. 기법은 유행과도 같다. 유행하는 옷이라고 모든 사람에게 어울리지 않듯이, 유행하는 기법을 적용한다고 모든 사람이 효과를 향유할 수 있는 것은 아니다. 각자가 처한 환경에서 업무성과를 높이기 위한 최적의 기법은, 경험이 쌓이면 자연스럽게 각자의 스타일 및 성격에 맞는 것이 몸에 배인다. 유행을 쫓아 무리해서 스키니진이나 레깅스를 입는다고 해서 누구나 멋져 보이지는 않는다.

  좋은 말을 다 받아들인다고 성공할 수 있는 것은 아니다. 자신에 대해서, 자신이 처한 상황에 대해서 제일 잘 아는 것은 자기 자신이다. 그렇기에 자기 생각을 믿고 소신 있게, 흔들림없이 사는 것이 최선이다. 다른 사람의 성공법칙을 따라 한다고 반드시 성공할 수 있는 것은 아니다.

  "나는 무엇이 성공의 열쇠인지는 알지 못한다.
  하지만 실패의 열쇠는 모든 사람을 웃기려는 것이다."
  I don't know the key to success,
  But the key to failure is trying to please everyone
  - 빌 코스비 미국의 코미디언

  사실 많은 말들을 이 책에 적었지만 스스로도 여기 적힌 모든 것을 실천하지는 못하고 있다. 아는 것과 실천하는 것 사이에는 보이지 않는 두꺼운 벽이 있고, 그 벽의 문을 여는 것은 쉽지 않다. 나를 아는 상사나 부하가 이 책을 보면, 당신도 못하고 있는 것을 참 많이도 적어 놓았다고 타박할지도 모른다. 하지만, 이 책은 에세이다. 업무 성과를 높이기 위한 기법이나 거창한 성공의 원칙을 제시하는 자기계발서가 아니다. 그저 회사에서 20년 이상을 고군분투한 평범한 회사원이 느낀 것을 적었고, 에세이처럼 이 글을 읽은 누군가도 자신의 생각이 무엇인지 생각해 보길 바랐을 뿐이다.

2.

어렸을 때, 학교 교실 뒷벽에 반 친구들의 꿈을 적어 붙여 놓은 게시판이 있었다. 나의 꿈은 화가였고, 대통령, 가수, 영화배우, 야구선수, 의사, 선생님 등이 대세였다. 회사원이 꿈이었던 사람은 단 한 사람도 없었다. 많은 사람들이 철들면서 어릴 적 꿈이 얼마나 비현실적인지 알게 되었고, 어느 순간 마음에도 없던 회사원이 되기 위해 피나는 노력을 할 수밖에 없었고, 그렇게 재미없어 보였던 회사원이 되기 위한 치열한 취직 경쟁에서 이긴 것에 안도하며, 회사원이 되었을 것이다.

계기가 뭐든, 원했든 원하지 않았든, 한 번 사는 우리의 인생은 중요하기에, 그 인생의 대부분을 차지하는 회사생활도 소중하다. 그리고, 그것을 소중하게 만드는 건 바로 우리 자신의 생각이다.

"오늘보다 나은 내일은 토요일 뿐이다."

회사원들이 하는 자조적인 우스갯소리이다. 그 정도로 평일은 스트레스가 많고 힘들다는 반증일 것이다. 하지만, 이 말의 이면에는 아무 고민 없이 금요일까지 버티면 주말이 오고, 아무 고민없이 월말까지 일하면 월급이 나오는 회사의 특성이 숨어 있다. 감옥의 죄수처럼 간수가 시키는 일만 하고, 주는 밥(월급)을 맛있게 먹는 것에 만족할 것이냐, 드라마 '미생'의 주인공처럼 고군분투하면서 가슴 뛰는 드라마를 만들어 갈 것이냐는 우리에게 달렸다.

회사 생활은 화창하고 맑은 날만 계속될 수는 없다. 맑게 갠 날만이 행복이 아니다. 비가 오는 날에도 촉촉히 젖어 반짝반짝 빛나는 세상의 아름다움과 먼지가 씻겨 나간 맑은 공기, 그 어떤 음악보다도 멋진 빗소리를 즐길 수 있는 여유와 방법을 찾는 것도 우리 자신이다.

출근길에 항상 강남역의 교보문고 빌딩 앞을 지나간다. 건물 벽에 붙어 있는 대형 간판에는 문학이나 시에서 인용한 문구가 그림과 함께 걸려있고, 계절의 변화와 함께 새로운 글과 그림으로 바뀐다. 계절이 바뀔 때가 다가오면 다음 간판을 기대하게 된다. 어떻게 보면 이것 자체가 교보문고의 교묘한 브랜드 이미지 광고일 수도 있지만, 막대한 상업 광고 수입을 포기하고 좋은 글과 그림을 선물해 주는 이 간판에 항상 감사하고 있다.

> *"나뭇잎이 벌레 먹어 예쁘다.*
>
> *남을 먹여가며 살았다는 흔적은 별처럼 아름답다."*

위의 시는 언젠가 그 간판에 걸려있던 '벌레 먹은 나뭇잎' 이생진 시인이라는 시의 한구절이다. 벌레가 갉아 먹어 생긴 구멍으로 보이는 반짝이는 햇빛을 별에 비유한 것이다.

어떤 회사에서 무슨 일을 하든, 회사에서 보내는 하루하루는 그 자체로 의미가 있다. 나뭇잎처럼 우리 가족을 먹여 살리고, 같이 일하고 있는 동료들과 그 가족을 먹여 살리고 있다.

전세계는 돈이 돈을 버는 속도가, 열심히 일해서 돈을 버는 속도보다 빠른 불공평한 세상이다. 돈 많은 사람은 땀 한 방울 흘리지 않고 회사원의 연봉을 한 순간에 벌 수도 있는 세상이다. 그렇다고 노동의 가치를 수익률만으로 폄하해서는 안 된다. 모든 회사원은 그 자체로 나와 가족과 세상을 위해 공헌하고 있다.

회사원이라는 직업에 자부심을 가지자. 회사원 없이 세상은 돌아가지 않으니 말이다.

3.

이 책은 꼰대를 안주로, 어떻게 하면 회사에서의 긴 시간을 의미 있게 보낼 지를 생각해 본 책이다.

이 책을 쓰기 시작할 때 생각이 많았다. 회사에서의 답답한 일상을 사이다처럼 날려보낼 신랄한 '비판'을 하거나, 당신만 힘든 게 아니라는 감성 충만한 '위로'를 주거나, 다른 길도 많다는 식의 솔깃한 '도피처'를 제공하거나 해야 할 것 같았다. 그러려면 이래야 한다, 이것이 필요하다는 식의 모범답안과 같은 내용은 피해야 했다. 다들 몰라서 하지 않는 것도 아니며, 그런 이야기는 재미도 없으니 말이다.

많이 고민했지만, 결국 지금까지 여러분이 읽은, 바로 이 책이 되었다. 세상에 비판, 위로, 도피로 해결할 수 있는 것은 많지 않다. 결국은 꼰대처럼 '이래야 한다'는 말이 많을 수밖에 없었다. 재미있는 책은 아니다. 변명을 하자면, 재미있기 힘든 회사 일을 잘 하기 위한 원칙을 재미있게 쓴다는 것은 굉장히 힘든 것이다.

책을 쓰면서 개인적으로는 큰 의미가 있었다. 아무 것도 이룬 것이 없는 내가 이런 책을 써도 되는지 끊임없이 고민하다 보니, 스스로를 객관적으로 평가해 보게 되었다. 무엇을 써야 할지 고민하다 보니, 내가 일을 어떻게 생각하는지, 나의 철학은 무엇인지 차분하게 마주할 수 있었다.

하지만, 이런 고민은 혼자서 해도 된다. 책으로 출판된 이상, 책을 읽은 여러분도 같은 고민을 하게 만들고, 생각해 볼 수 있는 계기를 만들어 드려야 의미가 있다. 조금이라도 그런 효과가 있었기를 바란다. 우리는 회사원이라는 동업자이고, 다 같이 잘되는 것이 최고의 이상이다.

이 책에서는 다수의 명언이나, 영화 대사를 인용했다. 일개 회사원이 하는 말에 조금이라도 무게가 실렸으면 하는 마음에서 사회에서 이미 인정받은 분들의 말을 함께 적었다. 또한, 일본에 대한 사례나 명언도 많이 언급했는데, 일본에 대한 동경이 있거나 일본을 무조건 한 수 위로 생각하는 '친일파'는 아니다. 일본에서 긴 시간을 보내면서 많은 것을 접했고, 어느 나라의 것이든 의미 있는 것들은 유용하게 활용하고자 할 따름이다.

마지막으로, 대단할 것 없는 평범한 회사원이 들고 온 원고를 선뜻 책으로 만들어 주신 출판사에 감사드린다.

무엇보다도 이 책을 선택하고 귀중한 시간을 할애하여 여기까지 읽어 주신 독자 여러분께 진심으로 감사드리고 싶다.